www.bbulmedia.com

血淚典

혈룡전

기억의 주인 신무협 장편 소설

혈룡전

6

[완결

뿔미디어

목 차

1장
무림말살책

마교가 무너지고 교주 하우광을 비롯한 휘하의 대마두들이 모두 죽었다는 충격적인 소식이 강호를 강타했다.

더욱 놀라운 것은, 마교를 무너뜨린 주체가 바로 명나라 조정이라는 사실이었다.

동창과 금의위가 주축이 된 관부의 고수들이 수백 년간 중원 무림과의 싸움에서도 결코 밀리지 않았던 마교를 멸문시켰다는 사실은 그 누구도 쉽게 믿지 못했다.

더욱이 그동안 관과 무림은 서로의 영역을 침범하지 않는 것이 불문율처럼 여겨졌기에 더 혼란이 컸다.

사실 그간 조정에서 무림을 손대지 않은 이유 중에는 무인들의 인간을 초월한 무력에 대한 두려움도 있었다.

무인들의 정점에 선 고수들은 그야말로 인간을 까마득하게 초월한 존재들이다.

그들이 마음만 먹는다면 황궁 담장을 넘어 황제의 목을 따는 것도 쉽지는 않겠지만 결코 불가능한 일은 아니었다.

그러니 조정의 입장에서도 괜히 긁어 부스럼을 만들지 않던 것이다.

물론, 무인들 역시 관과 척을 지는 것은 여러모로 부담스러운 일이었다.

대부분의 무림인은 문파나 특정 세력에 소속되어 있고, 문파나 세력들의 유지를 위해서는 이권에 손을 댈 수밖에 없었다.

당연하게도 이러한 이권 사업들에 있어서 관과의 유기적인 관계는 필수였다.

그렇기에 정파든 사파든 각 지역의 문파들은 알게 모르게 관에 뒷줄을 대고 있는 곳이 많았다.

이렇듯 관과 무림은 두 세력이 균형을 이루어왔고, 양측 모두 서로를 함부로 대할 수 없는 입장이었다.

한데 비록 상대가 마교라고는 하나, 관에서 무림을 향해 칼을 뽑아 든 것이다.

이것은 곧, 그동안 균형을 이루던 힘의 축에 균열이 일어났다는 것을 뜻했다.

마교를 멸문시킬 정도의 무력을 갖추고 있다면 관은 더 이상 무림인을 두려워할 필요가 없었다.

오히려 강력한 힘을 바탕으로 무림을 지배하고 통제하려 들 것이다.

때문에 무림인들은 이번 일에 나선 동창과 그 뒤에 버티고 있는 황실의 의도가 무엇인지 파악하려 애썼다.

혹여 이번 사건의 불똥이 중원 무림 전체로 번질 수도 있다는 우려가 문파와 세가들을 불안하게 했다.

그 우려는 결국 현실이 되고 말았다.

마교가 동창에 의해 무너진 보름 후, 중원 곳곳에 황제의 칙령이 공표되었다.

현재 중원 곳곳에 무림이라는 이름으로 조직을 결성하고 세를 이루어 백성의 고혈을 뜯는 불한당들이 판을 치고 있다. 놈들은 무력을 앞세워 백성들을 핍박하며 불안케 하고 있을 뿐 아니라 국법을 두려워하지 않고 살인과 도적질을 일삼고 있다. 이는 곧 백성과 조정에 칼을 겨누는 것과 같으니, 이에 황제께서는 관군을 동원해 이들 반역의 무리들을 징치하여 국법을 바로 세우고 백성들을 편안케 하기로 결정하셨다.

하여 황제께서 내리신 칙령을 아래와 같이 공표하는 바이다.

금일 시월 보름날로부터 석 달 안에 모든 무림 도당들은 조직을 해산하고 활동을 중지한다. 도문과 불문은 봉문을 하고 모든 속가의 사업을 정리한다.

위의 명은 정파와 사파를 불문하며, 이를 어길시 역모에 준하는 처벌을 내릴 것이다.

각 문파와 세가들에게는 그야말로 날벼락과 같은 일이었다.

황제가 무림을 향해 칼을 빼든 것이다.

그 결과는 관과 무림의 전면전이었다.

재밌는 사실은 무림인들의 불안과는 달리 백성들은 황제의 칙령에 긍정적 반응을 보였다는 것이다.

일반 백성들은 거리낌 없이 살인을 저지르고, 오만하기 그지없는 무림인들의 행동에 두려움과 불만이 쌓여왔기 때문이다.

백성들이 볼 때, 무림인은 사파나 정파나 크게 다르지 않았다.

어차피 그들 모두 힘을 앞세워 세력을 키우고 자신들을 거스르는 존재에게는 잔혹한 폭력을 휘두르는 자들이었다.

그런 자들을 나라에서 처리해 준다고 하니 오히려 환영할 일이었다.

이렇게 되니 무림인들은 고립될 수밖에 없었다.

아무리 그들이 경천동지할 힘을 지니고 있다 해도, 나라와 백성을 적으로 두고 버텨낼 수는 없었다.

무림 존망이 걸린 최대의 위기를 맞이한 것이다.

*   *   *

무림맹 의사청에 정파의 대표라 할 수 있는 이들이 근심 어린 얼굴로 모여 있었다.

황제의 칙령에 대한 대책을 논하기 위해서였다.

"조정에서 대체 왜 무림과 전면전을 벌이려는 것일까요? 그들에게도 결코 이익이 아니지 않습니까?"

점창파 장문 옥진자의 물음에 망우는 묵묵부답일 수밖에 없었다.

그로서도 대체 황실의 의도가 무엇인지 짐작할 수 없었기 때문이다.

전면전은 어차피 양측 모두 막대한 손해를 감수해야 한다.

그렇지 않아도 나라 곳곳에서 민란이 일어나고 있는 현 상황에서 군이 무림과의 전면전을 벌이는 이유를 이해할 수가 없었다.

"혹시 현 황실에 대한 불만 어린 민심을 돌리기 위한 고육지책이 아닐까요?"

황보혁군이 조심스럽게 말했다.

"오히려 혼란을 부추길 위험이 있는데, 이런 선택을 하다니……."

진율이 이해할 수 없다는 듯 눈살을 찌푸렸다.

"동창이 아무리 그간 고수들을 양성해 왔다고 해도 마교를 무너뜨릴 정도라니, 도무지 믿을 수가 없소. 다른 걸 떠나서 마제 하우광을 쓰러뜨릴 수 있는 자가 있을 리가 없소이다."

옥진자의 말에 모두가 고개를 끄덕였다.

"합공을 했겠지요."

"흥! 어림없는 소리. 하우광 그자가 합공을 한다 해서 잡을 수 있는 자요?"

화산의 임혁군이 코웃음을 쳤다.

마제 하우광은 흔히들 무림맹주 남궁진천과 더불어 현 무림의 두 개의 하늘로 일컬어진다.

하지만 실상은 그가 속한 곳이 마교라는 이유로 평가절하된 경향이 있었다. 정도 무림인들조차 속으로는 하우광이야말로 진정한 천하제일인이라고 생각하고 있을 정도로 그는 차원이 다른 경지에 올라 있었다.

때문에 소림을 피로 물들인 혈교도 섣불리 먼저 마교를 건드리지 못한 것이다.

한데 그간 우습게 여겨왔던 관의 무인들이 하우광을 쓰러뜨렸다는 것을 어떻게 믿겠는가.

"그게, 소문에 의하면 하우광을 쓰러뜨린 자는 정체불명의 도사라 합니다."

진운룡 사건으로 인해 징벌을 받은 제갈휘를 대신하여 무림맹 군사를 맡은 제갈진의 말에 모두의 눈이 휘둥그레졌다.

"합공을 한 것도 아니고, 단지 한 사람이 하우광을 쓰러뜨렸다는 말이오?"

"확실치는 않습니다만, 살아서 도주한 마인들 사이에서 그런 이야기가 돌고 있다고 합니다."

"만일 그것이 사실이라면, 황제의 칙령이 단순히 우리를 압박하기 위한 것이 아닐 수도 있다는 말이 아니오!"

마교의 일에도 불구하고 중원 무인들은 설마 황실에서 진정으로 무림과 전면전을 벌이리라고는 생각지 않았다.

그러나 만일 황실과 동창에 하우광을 누를 정도의 고수가 존재한다면, 칙령의 내용이 단순한 위협이나 압박용이 아닌 사실일 가능성이 높았다.

"그들이 이번 기회에 진정 무림을 지배하거나 말살하려는

것이라면 우린 어떻게 해야 한단 말입니까? 칙령에 따라 봉
문을 해야 합니까? 아니면 그들에게 맞서서 싸워야하는 것입
니까?"

걱정스러운 얼굴로 옥진자가 말했다.

"봉문은 곧 세가와 문파를 죽이겠다는 것입니다. 시퍼런
칼날을 들이미는데 얌전히 목을 내어줄 수는 없습니다!"

화산 장문 임혁군이 목소리를 높였다.

"황제의 칙령에 맞서는 것은 반역이 아닙니까?"

"그러면 이대로 아무것도 하지 않고 앉아서 당하자는 것
입니까?"

각 문파 지도부 간에 설전이 계속되었지만, 누구도 결론을
내릴 수가 없었다.

그때, 망우가 입을 열었다.

"황보 가주."

황보혁군이 망우에게로 시선을 보냈다.

"황보세가에는 관부에 종사하고 있는 가솔들이 상당수 있
는 것으로 아네."

"그렇습니다."

"하면 그들을 통해 일단 황실과 동창의 의중을 정확히 파
악하는 것이 좋겠네. 황실과 동창의 진정한 목적을 알아야
대책이 서지 않겠는가?"

망우의 말에 모두가 고개를 끄덕였다.

"부탁해도 되겠나?"

"알겠습니다. 본가의 식솔들을 통해 조정의 뜻을 알아보도록 하지요."

황보혁군이 어두운 얼굴로 망우에게 답했다.

만일 황실과 동창이 무림을 정리하기로 마음먹었다면 세가는 물론, 정도 무림 전체의 사활이 걸린 큰 위기였다.

"휴…… 남궁진천 그자의 종적도 아직 오리무중인데 이런 일까지 겹치다니……."

망우의 이마에 주름이 짙게 잡혔다.

아직 별다른 행동을 보이지 않고 있지만, 만일 진운룡이 약속을 지키지 못한 것을 따지려 든다면 무림맹은 관과 진운룡이라는 두 곳의 강력한 적을 상대해야 한다.

"무림의 앞날이 풍전등화와 같구나……."

망우의 얼굴에 시름이 가득했다.

              *   *   *

사방을 가득 채운 자욱한 피 안개 속에서 진운룡은 전방을 응시했다.

그의 시선이 향한 곳에는 정체를 알 수 없는 검은 형체가 흐릿하게 모습을 드러내고 있었다.

형체는 점점 또렷해지면서 한 사람의 모습을 이루기 시작했다.

흐릿하던 얼굴에 눈과 코, 입이 생겨났고, 사지(四肢)와 몸통이 명확하게 자리 잡았다.

그 얼굴을 확인한 진운룡의 두 눈이 부릅떠졌다.

이제 온전히 한 사람의 형상을 갖춘 그것의 정체는 바로 진운룡 자신이었기 때문이다.

한데 그 모습은 무척 기괴했다.

눈동자는 붉게 물들어 있었고, 머리카락은 산발인데다 짐승의 그것처럼 뾰족한 이를 드러낸 상태로 입가에는 섬뜩한 미소를 머금고 있었다.

피부에는 실핏줄이 도드라져 온몸을 그물처럼 휘감고 있었다.

마치 진운룡이 흡혈을 한 후 광기에 젖어 있을 때의 모습과 흡사했다.

그때, 형체의 입술이 천천히 열렸다.

찌이익!

거죽이 찢어지는 듯한 불쾌한 소리와 함께 형체의 입이 위아래로 벌어지기 시작했다.

입이 더 이상 찢어질 수 없을 정도로 크게 벌어진 순간, 그 안에서 수십 개로 갈라진 혀가 뱀처럼 꿈틀거리며 뻗어 나왔다.

크르르르!

형체가 울부짖자 촉수를 닮은 혀들이 진운룡을 향해 쏘아졌다.

빠른 속도로 덮쳐오는 혀들을 보며, 진운룡이 급히 뒤로 몸을 날렸다.

하지만 육신은 그의 의지에 반응하지 않았다.

'뭐지?'

놀란 진운룡이 급히 기운을 일으켰지만, 그의 몸은 여전히 아무런 반응이 없었다.

'석화!'

급히 내려다보니 손등이 검게 굳어가고 있었다.

그러고 보니 소은설의 피를 마시지 않은 시간이 꽤 지났다.

하지만 그렇다고 해도 석화가 이렇게 빠르게 진행될 정도는 아니었다.

순간 수십 가닥의 혀들이 진운룡을 덮쳤다.

푸욱!

혀들은 진운룡의 육신에 구멍을 내고 파고들었다.

크윽!

육신이 수천, 수만 갈래로 찢겨나가는 듯한 지독한 통증이 온몸을 덮쳤다.

혀들은 진운룡의 몸 안을 휘젓고 돌아다녔다.

"끄으읏!"

진운룡의 입술 사이로 신음이 흘러나왔다.

혀들을 통해서 끈적하고 불쾌한 기운이 몸 안으로 뿜어져 들어왔다.

기운은 온몸을 가득 채우고도 멈추지 않았다.

진운룡의 육신이 뒤틀리고 점점 부풀어 올랐다.

피부가 갈라지며 그 틈으로 핏빛 광망이 새어 나왔다.

온몸이 산산히 부서지는 듯한 극통에 진운룡이 비명을 질렀다.

—저항하지 말라.

천둥처럼 머리를 울리는 소리에 진운룡이 이를 악물었다.

하지만 정신은 점점 혼미해졌다.

점점 불어나던 핏빛 광망이 온몸을 뒤덮은 순간, 진운룡의 육신이 터져 나갔다.

"크아악!"

비명과 함께 진운룡은 잠에서 깨어났다.

악몽 때문인지 온몸이 땀에 젖어 있었다.

"으음······."

오른손을 내려다본 진운룡의 미간에 주름이 생겨났다.

손등 한편이 검게 변해 있었다.

"그러고 보니······."

어느새 소은설의 피를 흡수한 지가 꽤 됐다.

소은설이 죽었다 살아난 이후로 자제했던 탓이다.

아마도 악몽을 꾼 것도 그 때문일 것이다.

오랫동안 피를 흡수하지 못한 탓에 광기가 다시 머리를 들어 올리고 있었다.

"주군! 무슨 일이오!"

적산이 진운룡의 비명 소리에 달려온 모양이다.

"아무 일도 아니다."

진운룡이 방문을 열고 손을 휘휘 내저었다.

"무슨 악몽이라도 꾼 거요? 후후, 주군도 사람이긴 한 모양이오?"

적산이 신기하다는 표정으로 말했다.

"사람이라······."

진운룡이 아득한 눈빛으로 허공을 응시했다.

과연 그는 인간이라 할 수 있을까.

그 모습이 너무 쓸쓸해 보여 적산은 더 이상 농을 할 수 없었다.

진운룡의 상념을 깬 것은 소은설의 목소리였다.

"그 손……!"

그녀의 시선이 검게 변한 진운룡의 손등을 향했다.

"아직은 괜찮다."

진운룡의 말에 소은설의 눈동자가 흔들렸다.

최근 여러 가지 고민 때문에 그녀의 피가 없으면 진운룡은 다시 석상으로 돌아간다는 사실을 잊고 있었다.

진운룡 역시 그녀를 배려하기 위해서인지 아무런 말도 없었기에 더욱 그랬다.

"지금이라도……."

소은설의 말에 진운룡이 고개를 저었다.

"나중에 내가 찾아가지."

그제야 소은설은 적산과 구학이 흡혈에 대해서 알지 못한다는 사실을 떠올렸다.

소은설이 걱정스러운 눈빛으로 고개를 끄덕였다.

"그런데 무림맹 놈들은 그냥 놔두실 거요?"

적산이 갑자기 생각난 듯 물었다.

남궁진천에게 엄한 징벌을 내리겠다고 약속했던 그들이 결국 남궁진천을 놓치고 말았다.

"놈들이 주군 몰래 빼돌린 것일 수도 있지 않소?"

"제 생각도 그렇습니다. 본시 정파 놈팽이들은 앞에서는 성인군자인 척, 뒤에서 호박씨 까는 족속들이지요."

구학이 목소리를 높였다.

항상 멸시당하는 하오문의 입장에서는 무림맹에 좋은 감정을 가질 수 없었다.

"그들도 바보가 아닌 이상, 지금처럼 세력이 약해진 때에 굳이 진 공자님과 척을 지려 하지는 않았을 거예요."

소은설의 말에 적산이 코웃음을 쳤다.

"흥! 그렇다고 해도 놈들이 약속을 어긴 것은 분명하잖소? 게다가 그런 중요한 죄인이 쉽게 도망치도록 허접하게 관리했다는 것 자체가 문제지!"

잠시 생각에 잠겨 있던 진운룡이 구학을 향해 물었다.

"놈이 탈출할 때, 개방 방주가 죽었다고?"

개봉의 총타를 덮쳤을 때, 달아났던 구천엽이 무당산에 나타났다는 것이 수상했다.

놈은 무슨 이유로 남궁진천을 만나려 했던 것일까.

홍무생처럼 남궁진천도 자신의 꼭두각시로 만들려 했던 것일까.

더욱이 이해가 가지 않는 것은 남궁진천이 구천엽을 죽이고 도망쳤다는 사실이었다.

총타에서 본 구천엽의 경지는 결코 혈교주의 아래가 아니었다.

부상까지 입은 남궁진천이 그를 죽이고 달아났다는 것은 믿을 수 없는 일이었다.

"그런데 조금 이상한 것이……."

그때, 구학이 미심쩍은 얼굴로 말했다.

"왜 그동안 얌전히 잡혀 있던 남궁진천이 구천엽을 죽여 가면서까지 탈출을 감행했냐 이겁니다."

"그게 뭔 소리여? 갇혀 있었으니까 당연히 못 도망갔지, 그러다가 개방 방주라는 자가 온 기회를 틈타 얼른 튄 것 아니냐?"

적산의 말에 구학이 고개를 저었다.

"사실, 그간 남궁진천을 가둬둔 곳은 경계가 그다지 삼엄하지 않았습니다. 남궁진천이 마음만 먹었다면 그의 능력을 감안할 때 얼마든지 탈출할 수 있을 정도였거든요."

"아니, 그렇다면 정파 놈들이 아예 작정을 하고 남궁진천의 탈출을 방조했다는 이야기냐?"

적산이 눈을 치켜뜨고 말했다.

"아닙니다. 그들이 경계를 소홀히 한 것은 남궁진천이 절대 탈출하지 않을 것이라고 확신했기 때문이죠."

"대체 뭘 믿고?"

"남궁진천은 자신의 가문을 무척 소중히 여기는 자입니다. 지금의 남궁세가는 그가 만든 것이나 마찬가지지요. 그가 최우선으로 생각하는 것은 가문의 안녕과 번영입니다. 한데, 만약 그가 탈출을 해서 무림 공적이 된다면 그 여파가 남궁세가에 미치게 되지 않겠습니까? 그간 무림맹에서 남궁진천이 벌인 일에는 알게 모르게 남궁세가가 관여된 경우가 많았습니다. 또한 남궁진천이 무림맹주가 되면서 그들이 얻은 이익도 상당합니다. 당연히 남궁진천이 무림 공적이 된다면 남궁세가 또한 다른 문파와 무인들에게 지탄을 받겠지요. 아마 이것을 빌미로 남궁세가를 끌어내리고 자신들이 그 자리를 차지하려는 곳도 많을 겁니다. 사실 이번에 반항하지 않고 순순히 잡힌 것도 가문에 피해가 가지 않게 하기 위해서 아니었습니까? 그런 자가 갑자기 무엇 때문에 태도가 변한 것인지 알 수가 없다는 겁니다."

"흥! 당장 지가 죽게 생겼으니, 가문이고 뭐고 버리고 도망간 거지!"

적산의 말에 구학이 혀를 찼다.

"아니, 적 공자님은 어찌 그리 단순합니까?"

"뭐야?"

적산이 눈을 치켜뜨자 구학이 얼른 소은설 뒤로 숨었다.

"그, 그게 아니라, 어차피 달아난다고 해도 놈이 어디로 가겠습니까? 남궁세가로 가겠습니까? 아니면 산속에 은거라도 하겠습니까? 어차피 무림 공적이 되면 세상의 눈을 피해

평생 숨어 살아야 하는데, 그게 감옥과 다를 게 뭐가 있습니까? 거, 거기다 그리되면 세가는 풍비박산이 날 텐데."

물론, 단전이 파괴되고 폐인이 되는 것보다는 나을 수도 있을 것이다.

하지만 남궁진천은 야심이 크고, 자신의 가문을 자신의 목숨보다 아끼는 자였다.

가문을 위해서라면 자신의 목숨도 기꺼이 바칠 수 있는 그가 고작 비루하게 몸을 숨기고 목숨을 유지하기 위해 가문을 버릴 리가 없었다.

구학의 말을 들은 진운룡의 눈동자가 깊어졌다.

"그리고 이것은 잘 알려지지 않은 사실입니다만……."

잠시 입맛을 다신 구학이 무슨 커다란 비밀을 이야기하려는 듯 작은 목소리로 말했다.

"그, 죽은 구천엽의 시신이 목내이처럼 변해 있었다고 합니다."

진운룡의 눈에 기묘한 빛이 일었다.

"목내이?"

"그, 그렇습니다."

갑작스러운 진운룡의 반응에 구학이 목을 움츠린 채 대답했다.

진운룡이 생각에 잠겼다.

목내이처럼 변한 시신은 혈신대법의 제물들의 특징이다.

정혈과 공력을 모두 흡수당하면 인간의 육신은 다 타버린 숯처럼 껍데기만 남게 된다.

혈신대법을 받은 자들이 강호에 흡혈마공이라 알려진 방법으로 상대의 정혈을 흡수할 때에도 이와 같은 증상이 나타난다.

만일 구천엽이 혈신대법이나 흡혈마공에 당했다면, 한 가지 의문이 생긴다.

과연 누가 구천엽을 그렇게 만들었는가?

알려진 대로 남궁진천이 구천엽을 죽였다면, 그가 혈신대법을 받았다는 이야기다.

그러나 진운룡이 알기로는 남궁진천은 혈신대법과 관계가 없었다.

만일 그가 혈신대법을 익혔다면 혈교주와의 결전에서 그토록 허무하게 패배하지 않았을 것이다.

자신의 목숨을 걸어가면서까지 혈신대법을 숨기려 했을 리도 없었다.

'아니, 우선은 모든 가능성을 열어놓는 것이 좋아.'

최근 벌어지는 일들의 기괴망측함을 생각해보면 모든 가능성을 염두에 두는 것이 좋았다.

진운룡은 일단 남궁진천이 혈신대법을 익혔을 경우도 배

제하지 않기로 했다.

"일단 무림맹을 한 번 찾아가 봐야겠다."

자세한 경위와 구천엽의 시신을 확인할 필요가 있었다.

시신을 확인하면 그가 과연 혈신대법에 당한 것인지 알 수 있을 것이다.

물론, 시간이 꽤 지난 상태라 이미 매장을 했을 가능성이 높았으나, 무덤을 다시 여는 한이 있더라도 반드시 확인해 볼 필요가 있었다.

"잘 생각하셨소!"

진운룡의 말에 적산이 신이 나서 답했다.

다음 날 출발하기로 결정한 후, 진운룡은 구학과 적산의 묘한 눈빛을 무시한 채 소은설의 방으로 향했다.

*　　　　*　　　　*

"죄송해요. 그간 생각을 못했네요."

진운룡과 함께 방으로 돌아온 소은설이 조금은 어색한 표정으로 말했다.

"괜찮다."

짧지만 부드러운 진운룡의 대답에 소은설은 무언가 가슴이 따뜻해지는 것을 느꼈다.

그 한마디에 그녀의 상황에 대한 걱정과 배려가 담겨 있었기 때문이다.

소은설의 시선이 진운룡의 손등으로 향했다.

"늦지 않은 건가요?"

검게 변한 진운룡의 손등은 물고기 비늘처럼 갈라져 있었다.

"아직은 충분하다. 네가 원하지 않으면 시간을 더 가져도 된다."

"아니에요. 저도 괜찮아요."

소은설이 고개를 저으며 손목을 내밀었다.

아무렇지 않은 척 손목을 내밀긴 했지만, 최근 들어서 그녀는 정체성에 대한 혼란이 더 커진 상태였다.

진운룡을 마주하면 그 혼란이 더욱 커졌다.

눈앞에 제갈여령의 기억들이 마치 환영처럼 보였다.

그간 알게 모르게 진운룡을 피했던 것도 그런 이유였다.

혼란스러운 머릿속을 애써 무시한 채, 소은설이 눈을 질끈 감았다.

"빨리 끝내도록 하마."

순간, 손목에서 따끔한 통증이 일었다.

동시에 소은설의 의식이 하얗게 멀어져 갔다.

'무, 무슨 일……'

갑작스러운 상황에 소은설은 급히 눈을 뜨려했지만, 몸은 석상처럼 굳어 움직이질 않았다.

정신을 차리려 애썼지만, 결국 의식을 잃고 말았다.

'이, 이곳은?'

눈을 뜬 소은설은 급히 사방을 둘러봤다.

한가운데 켜진 등잔불을 제외하고는 사방이 캄캄한 석실.

대체 자신이 어떻게 여기에 있는 것일까.

─왔느냐?

'누, 누구?'

딱히 어떤 목소리라고 할 수 없는 기묘한 울림이 소은설의 머릿속을 파고들었다.

─너를 이승으로 불러오기 위해 내가 꽤 많은 수고를 했느니라.

'무슨 소리지? 이승이라니…… 내가 죽기라도 했단 말이야?'

목소리는 소은설의 반응에 아랑곳하지 않고 말을 이었다.

─이제 너는 새로운 세상을 완성하기 위한 열쇠가 될 것이다.

무어라 웅얼거리는 소리가 석실 안을 가득 매웠다.

동시에 마치 머릿속에서 범종을 때리듯, 거대한 굉음이 소은설의 의식을 진탕시켰다.

─지금부터 제갈이라는 성은 잊고 소씨로 살거라.

목소리의 마지막 말과 함께 소은설의 의식이 다시 하얗게
멀어져갔다.

"괜찮으냐?"

걱정스러운 목소리에 소은설이 천천히 눈을 떴다.

점점 또렷해지는 시야에 안절부절하는 진운룡의 모습이
보였다.

'이 사람도 이런 모습을 보일 수 있구나……'

마치 술에 취한 듯한 의식 속에서 소은설이 피식 웃었다.

'하기야, 예전에는 그토록 다정했던 사람이었는데……'

오래전 진운룡과 함께했던 기억들이 떠올랐다.

그때, 그녀의 명치를 통해 부드러운 기운이 흘러 들어왔
다.

진운룡이 기운을 불어넣은 것이다.

그와 동시에 흐릿하던 의식이 명료해졌다.

"진 공자님……."

"그래, 정신이 드느냐?"

그답게 노인스러운 말투로 진운룡이 물었다.

"네……."

그런데, 소은설이 어쩐지 아련한 눈으로 진운룡을 바라보고 있었다.

순간 진운룡은 소은설이 전과 달라졌음을 느꼈다.

그녀의 표정이나 눈빛, 목소리에 담긴 감정이 예전에 자신을 대할 때와는 전혀 달랐다.

그녀의 눈동자에는 알 수 없는 세월의 깊이가 담겨져 있었고, 그녀의 목소리에는 짙은 그리움이 묻어났다.

잠시 아무 말도 못하고 두 사람이 서로를 바라봤다.

"오……랜만이에요……."

번개에 맞은 듯 찌릿한 전율이 진운룡의 온몸을 때렸다.

진운룡은 아무런 반응도 하지 못하고 석상처럼 굳어버렸다.

*　　　　*　　　　*

동창 제독 육환이 도중문 앞에 고개를 숙인 채 시립해 있었다.

"마교는 정리가 끝났습니다. 잔당들은 어떻게 처리하는 것이 좋겠습니까?"

"어차피 모두 뿌리를 뽑으려면 시간이 필요하다. 세상을 바꾸는 것이 먼저다. 세상이 바뀌면 놈들이 발붙일 곳도 사

라지게 될 것이다. 그리되면 무인 나부랭이들이 더 이상 힘
만 믿고 칼을 들고 설치지 못하겠지."

차가운 눈빛으로 도중문이 육환을 응시했다.

온몸이 부서질 것 같은 압력이 육환을 눌렀다.

"노, 놈들이 칙령을 따른다면 그냥 두실 것입니까?"

간신히 입을 연 육환이 조심스럽게 물었다.

도중문의 입꼬리가 위로 말려 올라갔다.

그의 눈에 살기가 어렸다.

"놈들이 칙령을 따르든 말든, 눈에 보이는 모든 무인들의
씨를 말릴 것이다. 놈들이 그 하찮은 목숨이라도 부지하려면
세상의 눈을 피해서 꽁꽁 숨어 숨도 쉬지 말아야 할 것이야.
새로운 세상에서 그따위 버러지 같은 놈들에게 주어질 자리
는 단 한 곳도 없을 것이다."

도중문의 무거운 목소리가 육환의 뒷목을 서늘하게 내리
눌렀다.

*   *   *

"그대가…… 진정?"

진운룡이 혼란스러운 얼굴로 물었다.

"네, 공자님. 여령이에요."

"대체 어떻게……."

진운룡은 쉽사리 말을 잇지 못했다.

제갈여령은 분명 자신의 손으로 직접 묻었다.

한데, 백오십 년 가까이 지난 지금, 어떻게 그녀가 다시 살아날 수 있는가.

처음 소은설을 봤을 때부터 너무도 닮은 그녀가 혹시 제갈여령은 아닐까 상상을 하긴 했다. 하지만, 그것은 그저 이룰 수 없는 바람에 불과했다.

스스로도 그런 일이 가능할 것이라고는 생각지 않았던 것이다.

"정체를 알 수 없는 어떤 자가 저의 영혼을 강제로 이승에 데려왔어요. 태아의 몸을 빌려 처음 이승으로 돌아올 때, 누군가가 했던 이야기가 기억나요."

소은설, 아니 제갈여령의 말에 진운룡이 눈살을 찌푸렸다.

"그대의 영혼을 강제로 데려왔다?"

그녀의 말에 따르면 누군가가 제갈여령의 혼백을 태아의 몸에 집어넣은 것이다.

아니, 지금 그녀의 모습과 육신이 살아생전 제갈여령과 거의 정확하게 일치하는 것을 보아서는 태아 자체가 제갈여령의 환생이었을지도 모른다.

귀신이고 영혼이고 하는 것이 존재한다는 사실도 믿기 힘든데, 이런 사실을 그대로 이해하고 받아들이는 것은 쉽지 않았다.

하지만 혈신대법과 불사의 육신을 얻게 된 진운룡 자신을 비롯해, 죽었다가 부활한 소은설까지. 믿어지지 않는 일이 어디 한둘이던가.

진운룡은 제갈여령의 말이 사실이라는 것을 믿기로 했다.

그렇다면 누가, 대체 무슨 이유로 제갈여령을 이승으로 다시 데려온 것인가.

잠시 생각에 잠겨 있던 진운룡이 입을 열려다 멈칫했다.

"그대를 앞으로 어떻게 부르는 것이 좋겠소?"

그녀는 제갈여령이며 동시에 소은설이었다.

물론, 진운룡에게는 제갈여령이 더욱 그리운 이름이다.

하지만 다른 사람들에게 갑작스러운 이 상황을 이해시키기가 쉽지 않을 것이 분명했다.

"그냥 지금까지처럼 소은설로 대해 주셨으면 좋겠어요. 어차피 소은설도 제갈여령도 모두 저이니까요."

"알겠소. 그렇게 하지."

진운룡 역시 그편이 나을 것이라 여겼다.

"혹시 그대를 데려온 자에 대한 실마리는 없소?"

소은설이 잠시 눈을 찡그리며 생각에 잠겼다.

아무리 생각해도 자신을 이승으로 끌어온 자에 대해 특정할 수 있는 부분이 없었다.

얼굴은 아예 보지도 못했고, 목소리마저 인간의 것이 아니었다.

사실 소은설─제갈여령은 저승에 대한 기억은 거의 사라졌기에 과연 그것이 신의 목소리인지 인간의 목소리인지조차 알 수 없었다.

그것은 어쩌면 소리라고 하기 보다는 머릿속에서 진동하는 울림에 가까웠다.

게다가 기억 속에 보이는 석실의 정경 중에서 기억나는 것이라고는 한가운데서 빛을 밝히던 등잔뿐이었다.

"죄송해요…… 전혀……."

잘못이라도 저지른 듯 제갈여령이 고개를 숙였다.

"그대가 미안해할 것은 없소. 단지 놈이 여령 그대에게 어떤 수작을 부린 것인지 걱정이 돼서 물어본 것뿐이오."

왜 하필 제갈여령을 소환한 것일까.

게다가 공교롭게도 진운룡은 그녀로 인해 다시 세상에 나오게 되었다.

더욱이 놀라운 것은 그녀의 피가 혈신대법의 부작용을 상쇄시킨다는 것이다.

지긋지긋하게 진운룡을 괴롭히던 광기도 그녀의 피를 흡수하면 사라진다.

물론, 그것이 영구적인 것은 아닐지라도 진운룡에게는 사막에서 솟아나는 샘물처럼 값진 것이었다.

진운룡의 하산과 제갈여령, 혈신대법의 재등장까지. 그 시기가 묘하게도 맞물려 있었다.

"그자는 제가 새로운 세상을 만들기 위한 열쇠라고 했어요."

새로운 세상이라는 단어가 진운룡의 귀에 들어왔다.

혈교주 역시 새로운 세상을 열겠다고 했던 것이 기억났기 때문이다.

'그렇다면 여령을 다시 데려온 자도 혈신대법과 관계가 있는 것일까?'

왠지 그럴 가능성이 높을 것 같았다.

그리고 그자가 목적을 가지고 제갈여령을 이승에 다시 불러왔다면, 그 방법이 무엇이든 지금도 제갈여령을 주시하고 있을 확률이 높았다.

진운룡의 시선이 제갈여령에게 향했다.

가문과 무림맹에 이용당해 목숨을 잃었고, 죽어서까지 평온을 허락받지 못하고 누군가에게 이용당하는 가련한 여인.

"누가 그대를 이용하려 하는지는 모르겠지만, 어떤 자이든 반드시 내가 그 대가를 치르게 할 것이오. 그리고 절대 그대에게 해를 끼치지 못하도록 지킬 것이오."

놈이 제갈여령에게 무슨 수작을 부리든 자신이 반드시 막아내리라.

그리고 제갈여령을 건드린 대가를 몇 배로 되갚아 주리라

진운룡의 두 눈에 핏빛 안광이 뿜어져 나왔다.

*   *   *

"망우 대사님!"

소림의 은거 고승 중 한 명인 무허가 무거운 목소리로 망우를 찾았다.

"무슨 일인데 표정이 그리 어두운 것이냐?"

망우가 놀란 눈으로 무허를 바라봤다.

무허는 오랜 수행으로 부동심에 다다른 고승이었다.

그런 그가 이토록 심각한 표정을 짓는 것은 그만큼 큰일이 발생했다는 이야기였다.

"진운룡, 그자가 찾아왔습니다!"

망우의 두 눈이 부릅떠졌다.

드디어 올 것이 온 것이다.

"그가 드디어 왔구나."

망우가 한숨을 내쉬었다.

과연 진운룡에게 남궁진천의 일을 어떻게 해명해야 할지

적절한 방법이 떠오르지 않았다.

"어디냐, 안내하거라."

잠시 고민하던 망우가 결심을 굳힌 듯 빠른 걸음으로 처소를 나섰다.

*   *   *

의사청에는 진운룡 일행과 각파의 수뇌들이 무거운 분위기로 마주하고 있었다.

황제의 칙령에 대한 대응 때문에 아직 자신들의 문파와 세가로 돌아가지 못해 많은 수의 고수들이 무림맹에 남아 있었다.

진운룡의 능력을 익히 알고 있는 그들이기에, 갑작스러운 방문이 불안할 수밖에 없었다.

"아미타불. 진 공자, 오셨소이까?"

그때 망우가 무허와 함께 의사청으로 들어왔다.

진운룡의 시선이 망우를 향했다.

씁쓸한 미소를 머금은 망우가 천천히 진운룡 앞에 마주섰다.

"남궁진천의 일로 찾아 오셨겠지요. 빈승이 뭐라 드릴 말이 없소이다."

사정이 어떻게 되었든 남궁진천이 탈출한 것은 망우와 무림맹의 책임이었다.

　진운룡이 그것을 추궁한다고 해도 할 말이 없는 것이다.

　"약속은 소승의 이름을 걸고 한 것이니, 진 공자께서 죄를 물으시려거든 소승에게 하십시오. 소승의 오만함이 일을 그르친 원흉이외다."

　망우가 착착한 표정으로 합장을 한 채 고개를 숙였다.

　진운룡이 담담한 얼굴로 입을 열었다.

　"구천엽의 시신을 보고 싶소."

　망우와 각파 고수들의 표정에 놀람이 어렸다.

　"시, 시신을 말씀이오? 무슨 이유로……."

　망우가 당혹스러운 얼굴로 되물었다.

　구천엽은 이미 무덤에 묻힌 상태였다.

　그의 시신을 확인하려면 무덤을 파내야 하는 것이다.

　개방에서 이를 허락할 리가 없었다.

　"사인을 확인하기 위해서요."

　"사인이라면 소승이 말씀드릴 수 있습니다. 구 방주의 시신은 이미 땅에 묻힌 상태인지라…… 게다가 시신의 상태도 부패가 많이 진행되었을 것입니다."

　"그가 죽었을 당시 목내이의 모습이었다고 들었소."

　"그렇습니다."

"그렇다면 혈교에서 사용하는 흡혈마공과 연관이 있을 가능성이 크오. 그래서 확인하려는 것이오."

진운룡의 말에 모두 눈살을 찌푸렸다.

그들 역시 처음 구천엽의 시신을 봤을 때 흡혈마공을 의심했다.

하지만, 만일 구천엽이 흡혈마공에 당했다면 그 말은 곧 구천엽을 죽인 남궁진천이 혈교와 연관이 있다는 이야기와 같았다.

그러나, 그것은 말이 되지 않았다.

그랬다면 왜 남궁진천이 혈교주와 혈전을 벌였단 말인가.

게다가 거의 죽음 직전의 위기까지 이르렀음에도 혈교의 무리들이 사용하던 그들이 소위 피의 권능이라고 부르는 것을 사용하지 않았다는 말인가.

"소승 역시 처음에는 혈교와의 연관성을 의심했소이다. 하지만……."

진운룡이 망우의 말을 도중에 끊었다.

"내가 시신을 직접 확인해 보면 진위를 정확하게 가릴 수 있소. 그리고 흡혈마공에 당한 시신은 수십 년이 지나도 썩지 않으니 부패에 대해 걱정할 필요는 없소."

망우가 곤란한 얼굴로 진운룡을 바라봤다.

진운룡의 말을 들어주지 않을 경우 그가 무슨 짓을 저지를 지 알 수 없었다.

이제껏 그의 행동을 유추해 볼 때, 진운룡은 뜻하는 바를 이루기 위해 결코 머뭇거리거나 망설이지 않는 이였다.

아마도 무림맹과 개방이 거부한다 해도 그는 무슨 수를 쓰든 구천엽의 시신을 확인하려 할 것이다.

그렇다고 구천엽의 시신을 다시 파내는 것은 개방에게는 그야말로 치욕적인 일이었다.

"한 가지 더 말하자면, 구천엽 역시 혈신대법과 연관이 있소. 개방 또한 마찬가지니, 그 자들에 대해 고민할 필요는 없소."

진운룡의 말에 모두가 믿을 수 없다는 얼굴로 웅성댔다.

"개, 개방이 혈교와 관련이 있다는 말이오?"

"그럴 리가!"

"무슨 근거로 그런 터무니없는 말을 하는 것이오!"

개방이 어디던가.

정도 무림을 대표하는 방파 중 하나로 재물과 명예를 멀리하고 항상 협과 의를 따라 모든 무림인들에게 칭송을 받는 곳이 바로 개방이었다.

그런 개방이 혈교와 연관되어 있다니, 누구도 그 사실을 믿을 수 없었다.

"흥! 홍혜란 그 잡년은 개방 사람이 아닌가?"

사람들의 반응에 적산이 코웃음을 쳤다.

홍혜란 사건 때 상당수의 개방도가 혈교와 관련이 되어 있음이 밝혀졌다.

당시 홍무생이 직접 나서서 그들을 모두 정리했다고는 하나, 숨어 있는 혈교도들을 모두 색출했다고 장담할 수 없는 것은 사실이었다.

수뇌부들은 적산의 말에 반박하지 못하고 불쾌한 표정을 지었다.

"확실한 말씀이오?"

망우가 심각한 얼굴로 진운룡에게 물었다.

"그렇소. 내가 개봉 총타에서 직접 확인했소. 개봉에서 일어난 무인 실종 사건의 원흉이 바로 그들이오."

"허……."

망연자실한 표정으로 망우가 한숨을 토해냈다.

만일 진운룡의 말이 사실이라면, 정파 무림에는 크나큰 오욕이다.

스승으로부터 들은, 그리고 그가 다시 세상에 나온 후 보여준 진운룡의 행적을 생각하면 이런 일을 거짓으로 꾸며낼 사람은 아니었다.

이미 거리낄 것이 아무것도 없는 그가 굳이 쓸데없는 거짓말로 다른 이를 속일 이유가 없었다.

"그렇다면 구 방주가 혈교의 무공을 익혔다는 말이오?"

"그자가 혈신대법을 시도한 흔적을 이미 확인했소. 아마도 홍무생이나 개방의 수뇌들 역시 그자에게 당해서 이지를 잃은 것 같소."

망우와 정파의 인물들이 믿을 수 없다는 얼굴로 딱딱하게 굳었다.

"홍무생 그 아이까지?"

망우의 눈동자가 흔들렸다.

홍무생은 그가 무척 아끼던 후배 중 하나였다.

성정이 올곧고 정의로웠으며, 무공의 재능 역시 뛰어나 정도 무림을 이끌 재목이라 여겼고, 결국 그의 예상대로 무림의 거목으로 우뚝 섰다.

한데, 그 홍무생마저 혈교의 술수에 당해서 이지를 잃었다하니 충격이 클 수밖에 없었다.

이런 상황이라면 남궁진천 역시 장담할 수 없었다.

잠시 고민하던 망우가 결심한 듯 고개를 끄덕였다.

"좋소. 확인해 보도록 하지요."

"대사님!"

놀란 각파의 고수들이 눈을 동그랗게 뜨고 망우를 바라봤다.

"아무리 그래도…… 개방이 가만히 있지 않을 터인

데……."

망우가 그들의 말을 잘랐다.

"이미 옛날의 개방이 아니오. 벌써 몇 번씩이나 혈교와 연관이 되어 있음이 드러났소. 차라리 이번 기회에 개방과 무림맹 모두 스스로 썩어가는 환부를 도려내는 결단을 보여줘야 할 것이오."

망우의 두 눈에는 비장한 각오가 어려 있었다.

이미 정파는 돌이킬 수 없을 정도로 찢겨지고 추락한 상태였다.

과거의 잔재에 매달리기보다는 그동안의 오류를 인정하고 새롭게 태어나야 할 때였다.

망우의 단호한 모습에 모두가 씁쓸한 얼굴로 입을 닫았다.

*   *   *

구천엽의 무덤은 개봉 인근에 위치해 있었다.

개방의 반발을 예상해 망우가 직접 진운룡과 함께 동행했다.

하지만, 예상과 달리 개방의 반발은 그리 크지 않았다.

개봉 총타는 그야말로 풍비박산이 난 상태였다.

진운룡을 통해 개방의 상황을 전해들은 망우였지만, 직접 확인하니 저절로 한숨이 나왔다.

총타에 있던 수뇌부들 대부분이 혈교와 연관되어 진운룡에게 죽거나 추종자들을 이끌고 달아난 상태인지라, 명령을 내리거나 사태를 수습할 인물이 존재하지 않아 방도들은 어찌할 바를 모르고 우왕좌왕하고 있었다.

게다가 그 일로 인해 조직이 분열되어 같은 방도들조차도 서로를 의심하고 경원시하고 있었다.

다른 이도 아니고 방주 구천엽과 홍무생이 혈교와 관련이 있었다는 사실을 접하고 나니, 더는 그 누구도 믿을 수 없는 것이다.

이대로 간다면 자칫 개방이라는 문파 자체가 와해될 수도 있는 상황이었다.

그나마 구천엽과 관련된 자들이 모두 어디론가 사라진 것은 다행이나, 구천엽은 물론 홍무생까지 혈교와 연관되어 있었다는 사실은 그들을 큰 충격에서 헤어나지 못하게 하고 있었다.

개방의 상황이 이렇다보니 그들 중 누구도 구천엽의 시신을 확인하는 일에 대해 나서서 반대하거나 막는 자들이 없었다.

현 무림에서 가장 명망과 배분이 높은 망우가 직접 나서서 요청하는 데야 더욱 반발할 수 있을 리가 없었다.

망우와 진운룡은 다소 싱거운 표정으로 구천엽의 무덤으로 향했다.

구천엽의 묘는 묘석이나 묘비 하나 없는 초라한 모양이었다.

개방 제자들이 무덤을 조심스럽게 열고 구천엽의 시신을 꺼냈다.

"음……."

소은설이 시신의 처참한 모습에 신음을 흘렸다.

구천엽의 시신은 마치 온몸의 모든 체액이 빠져 나간 것처럼 바싹 말라 있었다.

뿐만 아니라 피부는 불에 탄 시신처럼 시커멓게 죽어 있었다.

진운룡이 즉시 앞으로 나서 시신을 살폈다.

"흐음……."

여기저기 시신을 상세히 살핀 그가 눈살을 찌푸렸다.

"어떻소? 흡혈마공에 당한 것이오?"

망우가 조심스럽게 물었다.

"이상하군……."

진운룡이 고개를 갸우뚱하며 혼잣말을 했다.

"뭐가 이상하다는 거요?"

적산이 잔뜩 호기심이 어린 얼굴로 물었다.

잠시 뜸을 들이던 진운룡의 입이 천천히 열렸다.

"분명 흡혈마공에 당한 모습과 흡사한데……."

다시 한 번 시신을 살핀 진운룡이 말을 이었다.

"얼굴 표정이 너무 편안해 보이는군."

망우가 조금은 황당한 얼굴로 진운룡을 바라봤다.

아닌 밤중에 홍두깨라더니 갑자기 해골을 연상시키는 말라비틀어진 시신의 표정을 들먹이는 진운룡의 의도가 무엇인지 짐작키 어려웠기 때문이다.

"본래 흡혈마공에 정혈을 갈취당한 이들은 한계를 넘어선 공포나 두려움에 얼굴이 일그러지거나, 절정의 쾌락을 맛본 이들처럼 희열에 젖어 있거나, 둘 중 하나요. 한데, 이 자의 표정은 너무 담담하고 평범하다는 것이오."

말라비틀어진 시신의 표정을 따지는 것도 이상한 일이긴 했으나, 자세히 살펴보니 그런 것도 같았다.

"그렇다면 진 공자께서는 구 방주가 흡혈마공에 당한 것이 아니라고 생각하시오?"

진운룡은 망우의 물음에 답하지 않고 생각에 잠겼다.

분명 시신의 상태는 흡혈마공에 당한 시신과 흡사했다.

단지 표정 때문에 흡혈마공에 의한 것이 아니라 단정 짓는 것은 어찌 보면 너무 섣부른 판단일 수도 있었다.

그럼에도 불구하고 무언가 계속해서 진운룡의 머리 한 쪽을 찜찜하게 건드리는 것이 있었다.

"그대의 생각은 어떻소?"

그때, 갑자기 진운룡이 소은설에게 물었다.

제갈여령은 진운룡과 함께 반년 가까이 혈신대법에 대해 연구했다.

아니, 오히려 뛰어난 머리를 가진 그녀가 연구의 중심에 서 있었기에 혈교와 혈신대법에 대해 진운룡보다 더 많은 것을 알고 있었다.

잠시 머뭇거리던 소은설이 조심스럽게 시신을 향해 걸어가 세세히 살피기 시작했다.

망우의 두 눈에 이채가 일었다.

다른 이들에게 듣기로는 그저 평범한 하오문 제자라던 그녀였다.

느껴지는 기운과 움직임을 봐서는 무공 수준도 보잘것없었다.

그렇다고 뛰어난 미모를 갖추고 있는 것도 아니어서 진운룡과 함께 다니고 있는 이유가 궁금하던 참이었으나, 이제껏 그리 눈여겨보지는 않았다.

한데, 놀랍게도 진운룡이 구천엽의 시신에 대해 그녀의 의견을 구했다.

그것은 곧 그녀가 흡혈마공에 대해 알고 있다는 사실을 뜻했다.

'평범한 하오문도가 어찌 흡혈마공을?'

망우는 그녀가 결코 다른 이들이 말하는 것처럼 평범한 여인이 아님을 느낄 수 있었다.

시신을 살피던 소은설이 진운룡을 바라보며 천천히 입을 열었다.

"흡혈마공에 당한 것은 아니에요."

그녀의 말에 진운룡의 미간에 주름이 잡혔다.

그녀가 저렇듯 확신한다면 그 말이 맞을 것이다.

본래 그녀는 일 할이라도 다른 가능성이 있다면 그 가능성이 사라질 때까지 확인하고 또 확인하는 성격이었다.

"하지만, 혈교와 연관이 있는 것만은 분명해요."

진운룡과 망우의 시선이 그녀를 향했다.

소은설이 계속해서 말을 이었다.

"이자의 시신에는 혈신대법을 받은 흔적이 남아 있어요."

진운룡의 두 눈이 반짝였다.

사실 혈신대법의 기운은 마기와는 달리 일반 무공을 익힌 이들의 기운과 별다른 차이가 없어서 쉽게 잡아낼 수가 없었다.

한데 제갈여령은 그것을 찾아낼 방법이 있는 모양이었다.

진운룡의 표정을 읽어낸 소은설의 얼굴에 엷은 미소가 일었다.

"물론 혈신대법의 기운은 보통 무인들의 기운과 다르지 않아서 따로 구분해 낼 수가 없어요. 하지만 혈신대법을 받은 자들은 공통적으로 한 가지 특징을 가지고 있어요."

소은설이 시신의 머리 쪽으로 향했다.

그녀는 시신의 정수리 부분 머리카락을 들어 올렸다.

"이곳을 자세히 보시면 백회혈 근처에 붉은 고리 모양의 흔적이 남아 있는 것이 보이실 거예요."

진운룡과 망우가 급히 소은설이 가리킨 곳을 살폈다.

그녀의 말대로 구천엽의 정수리에는 붉은 고리 모양의 흔적이 또렷하게 남아 있었다.

"이것은 혈신대법을 받을 때 대법의 기운이 흡수된 흔적이에요. 혈신대법을 받은 자들에게는 모두 이런 흔적이 남게 되죠."

진운룡이 조금 놀란 눈으로 그 흔적을 바라봤다.

이 사실은 그도 몰랐던 것이다.

당연한 일이지만, 그동안 자신의 정수리를 확인해 본 적이 없었기 때문이다.

"소저는 그것을 어떻게 알고 있는 것이오?"

망우가 의문이 가득한 눈으로 물었다.

아무리 생각해도 소은설이 이토록 혈교와 그 수법들에 대해 상세히 알고 있다는 것은 이해가 가지 않았다.

아니, 어찌 보면 그녀의 정체가 의심스러운 상황이다.

당장에 무어라 설명할 방법이 없었던 소은설이 곤란한 표정으로 진운룡을 슬쩍 바라봤다.

그녀에 대해 사실대로 이야기 해봐야 망우가 믿을 턱이 없었다.

"그녀는 믿을 만한 사람이오. 다만 말 못할 사정이 있으니 양해해 주시오."

그때, 진운룡이 나섰다.

"음……."

망우가 침음성을 흘렸다.

진운룡이 직접 나서서 소은설을 보증하니 계속해서 소은설을 추궁할 수가 없었다.

그것은 곧 진운룡을 믿지 못한다는 것과 같았기 때문이다.

'하기야 그가 계속함께 하고 있는 것을 보면 그만한 이유가 있을 터…….'

무슨 사연이 있는지 알 수는 없었으나, 진운룡이 확언을 한 이상 혈교와 관련이 있는 여인은 아닐 것이다.

고개를 끄덕인 망우가 다시 구천엽의 시신으로 시선을 향했다.

"그렇다면 결국 구 방주가 혈교의 대법을 받았다는 것이

구려……."

쓸쓸한 얼굴로 망우가 고개를 저었다.

결국 우려했던 일이 사실로 드러난 것이다.

게다가 이렇게 되면 구천엽을 죽인 남궁진천 역시 혈교와 연관이 되어 있을 가능성이 있었다.

자신들의 방주가 혈교와 연관되어 있다는 소은설과 진운룡의 말에 개방도들의 표정에는 적개심이 어렸으나, 그것을 겉으로 직접 표현하는 자들은 없었다.

그들의 지금 능력으로는 진운룡을 도저히 어찌해 볼 방법이 없었고, 현 무림의 가장 높은 어른인 망우가 그의 말에 별다른 반박을 하지 않고 있으니 그들로서는 속으로 이만 갈수밖에 없었다.

"일단, 남궁진천을 찾아야겠군……."

망우가 착잡한 표정으로 말끝을 흐렸다.

정도 무림이 어쩌다 이렇게 추락했는지 답답하고 참담했다.

"아미타불……."

그는 고개를 저으며 연신 불호를 외웠다.

*　　　*　　　*

망우와 헤어진 진운룡 일행은 하오문 개봉 지부로 향했다.

동창의 움직임과 남궁진천의 행적을 알아보기 위해서였다.

개방이 풍비박산이 나다시피 한 상태인지라, 현재 무림에서 가장 빠르고 정확한 정보를 얻을 수 있는 곳은 하오문이었다.

"진 공자, 어서 오시오!"

하오문주 곽지량이 기다렸다는 듯이 반갑게 일행을 맞이했다.

"쳇! 하오문주라는 자리가 무척 한가한 자리인 모양이군."

적산이 못마땅한 얼굴로 말했다.

적산은 빤히 보이는 수작질로 진운룡을 이용하려는 하오문주가 마음에 들지 않았다.

얼핏 아무 대가도 없이 도움을 주는 듯 보이지만, 소은설이 진운룡과 함께 있다는 사실을 이용해 진운룡이 하오문과 함께한다는 식의 소문들을 흘리고 있기 때문이다.

진운룡 또한 그것을 모르는 것은 아니었으나, 그리 개의치는 않았다.

어차피 세상에는 공짜가 없었다.

하오문이 아니라면 혈신대법에 대한 정보를 이토록 신속하게 얻지는 못할 것이다.

그것에 대한 대가를 지불하는 셈이라 생각했다.

곽지량이 팔을 활짝 펴며 분타 안쪽으로 일행을 안내했다.

"그간 잘 지내셨소? 한데, 은설이는 어째 전과는 무언가 분위기가 달라진 것 같구나."

곽지량이 눈을 가늘게 뜨며 소은설을 바라봤다.

흠칫한 소은설이 어색한 미소를 지었다.

당황하는 소은설에게 사람 좋은 미소를 지어보인 곽지량이 다시 진운룡에게로 시선을 돌렸다.

"그래, 오늘은 무슨 일로 오셨소?"

여전히 미소를 머금은 얼굴로 곽지량이 물었다.

마치 '진운룡이 원하는 것은 무엇이든 최대한 들어주겠다.'라는 것을 표정으로 보여주는 듯했다.

"근래 동창의 움직임에 대해 알고 싶소."

이제 혈신대법과 관련된 남은 곳은 동창과 남궁진천뿐이었다.

남궁진천은 당장에 행적을 알 수 없는 상황이니 동창을 건드려 보는 수밖에 없었다.

적산이 흥분된 얼굴로 눈을 빛냈다.

동창과 씻을 수 없는 원한이 있는 그로서는 잔뜩 벼르던 순간이 드디어 온 것이다.

"동창이라…… 하기야 최근 무림인들의 가장 큰 걱정거리가 바로 동창의 움직임이지. 물론 진 공자께서 그들의 움직임에 대한 정보를 원하는 것은 그것 때문은 아니겠지만 말이오."

잠깐 의미심장한 미소를 짓던 곽지량이 말을 이었다.

"그러고 보니 그들이 공표한 석 달의 기간이 이제 겨우 열흘밖에 남지 않았구려. 정보에 의하면 몇몇 중소 문파들은 이미 문을 걸어 잠그고 봉문을 하거나 해산을 했다고 하오."

온 무림이 두려워하던 마교마저 순식간에 무너뜨려 버린 동창이었다.

중소 문파가 그들의 압박을 버텨낼 수 있을 리 없었다.

"지금 그들은 벌써 사천 성도에 들어와 있다고 하오."

진운룡의 두 눈에 이채가 일었다.

마교를 친 지 석 달 만에 벌써 사천까지 움직였다는 것은 말을 타고 쉬지 않고 움직인다고 해야 가능한 일이었다.

물론 무림의 고수가 경공을 사용한다면 더 빨리 움직일 수도 있었다.

그것은 곧 동창의 무인들이 그런 움직임을 보일 정도로 고수라는 이야기와 같았다.

"마교를 무너뜨릴 만하군요."

소은설이 손가락으로 턱을 짚으며 말했다.

그 모습을 보며 진운룡이 엷은 미소를 지었다.

생각에 잠길 때의 제갈여령의 습관이었기 때문이다.

적산과 구학이 묘한 눈길로 두 사람을 바라봤다.

그렇게 소은설을 바라보던 진운룡이 다시 본론을 꺼냈다.

"그들이 향하고 있는 곳은?"

"방향을 보면 아무래도 무림맹이 위치한 무한으로 향하는 것 같소."

결국 정파를 무너뜨리려면 먼저 무림맹을 깨뜨리는 것이 당연한 순서였다.

"어찌하실 거예요?"

소은설이 조금은 걱정스러운 표정으로 진운룡에게 물었다.

"직접 확인해 봐야지."

특히 마교 교주를 죽였다는 도사를 찾아야 했다.

"하지만, 괜히 주군이 먼저 나서서 무림맹 녀석들 좋은 일 해줄 이유는 없지 않소?"

적산의 말에 진운룡이 고개를 끄덕였다.

"물론 동창이 무림맹을 친 이후에 놈을 만날 것이다."

말을 마치고 밖으로 걸음을 옮기던 진운룡이 갑자기 생각난 듯 곽지량을 향해 덧붙였다.

"남궁진천의 행적에 대해서도 추적해 주시오."

"그러지 않아도 무림맹 쪽의 부탁도 있고 해서 알아보고 있는 중이외다. 소식이 들어오는 대로 진 공자께도 연락을 드리겠소."

남궁진천에 대한 의뢰까지 일을 마친 일행은 곧장 하오문을 나서 숙소로 걸음을 옮겼다.

*   *   *

호북 의창(宜昌).

의창 지방 관아의 별관에 백 명이 넘는 관인들이 부복하고 있었다.

한데 그들의 복색이 조금 독특했다.

일반 관복에 비해 소매, 다리의 폭이 몸에 딱 맞다시피 좁았으며, 길이 또한 늘어지지 않고 짧았다.

머리에 쓴 관모만 아니었다면 움직임이 편하도록 만들어진 무인들이 입는 무복으로 보였을 것이다.

"황사(皇師)! 모두 모였습니다!"

관인들의 가장 앞에 선 자는 바로 동창 제독 육환이었다.

상석에 앉아 있던 도중문이 천천히 몸을 일으켜 앞에 선 이들의 면목을 살폈다.

육환 뒤로 독특한 외모를 가진 다섯 인영이 석상처럼 부복하고 있었다.

구 척이 넘어가는 거구에 칠 척 가까이 되는 거치도를 든 자, 두 눈이 허옇게 눈동자가 없고 쌍극을 사용하는 자, 첫 번째 사내 못지않은 덩치에 언월도를 든 자, 오 척 단신임에도 머리 크기가 보통 사람 두 배는 되나 아무것도 들고 있지 않은 자, 그리고 마지막으로 어찌 보면 꼬챙이처럼 보이는 매우 얇은 검을 양 허리에 검집도 없이 차고 있고 얼굴에 그물 같은 흉터가 있는 사내.

그들은 모두 범상치 않은 기운을 뿜어내고 있었는데, 이들이 바로 도중문이 직접 키운 비장의 숨겨둔 전력, 천혈단(天血團)이었다.

가장 앞에 선 다섯은 천혈단의 지휘를 맡은 다섯 부단주들이었고, 단주는 도중문이었다.

자신이 직접 만들어낸 천혈단을 뿌듯한 눈으로 바라보던 도중문이 입을 열었다.

"이제 스스로 정파라 부르는 위선자 놈들을 쓸어버릴 차례가 왔다. 자존심만 높은 버러지 같은 놈들은 결국 황제 폐하의 칙령을 따르지 않을 것이다. 우리는 황상의 뜻에 반하는 대역 죄인들을 한 놈도 남기지 않고 소탕할 것이다! 모두 무한으로 출발하라!"

"충!"

동창 무사들의 목소리가 관청을 쩌렁쩌렁 울렸다.

2장
무림맹의 해산

구대 문파를 비롯한 세가들은 칙령에 명시한 최종 시한이
가까워지자 무한에 모였다.

"대사님, 이제 어떻게 해야 한다는 말입니까?"

불안한 얼굴로 팽가의 가주 팽천도가 물었다.

"놈들이 벌써 의창에 이르렀다 합니다."

"그게 사실입니까?"

"이렇게 된 이상, 맞서 싸우는 수밖에 없지 않습니까?"

각파의 인사들이 저마다 흥분해서 목소리를 높였다.

이미 무한 주변을 일만이 넘는 관군이 포위하고 있는 상황
에서 동창의 주력 고수들이 의창까지 도달했다는 소식이 전

해지자 이젠 칙령의 내용이 그저 엄포용이 아닌, 사실이라는 것이 드러났기 때문이다.

"그들의 말대로 봉문을 할 수는 없지 않소?"

화산 장문 임혁군이 말했다.

봉문은 문파의 존립을 위협하는 일이다.

모든 수익 사업과 외부 활동을 멈추고는 문파를 유지할 수 있는 방법이 없었다.

"속가들이 있으니 그나마 버틸 수는 있지 않겠습니까?"

공동파 진율이 조심스럽게 말했다.

"속가들은 가만 놔둘 것 같습니까? 지금 놈들이 하는 짓으로 봐서는 모든 문파와 세가들을 무너뜨릴 작정입니다."

"그러니 이제 놈들과 맞서 싸우는 수밖에 없지 않소이까?"

성정이 불같은 팽천도가 상기된 표정으로 소리쳤다.

"황제의 칙령을 어기고 동창과 맞서는 것은 반역이 아닙니까?"

"그럼 가만히 앉아서 죽기라도 하겠다는 것입니까?"

"하기야 당장에 가문과 문파가 사라지게 생겼는데, 반역이 문제입니까?"

이들로서는 방법이 없었다.

중소 문파야 봉문을 하고 제자들을 해산시켜도 살길이 있겠으나, 대형 문파와 세가들은 달랐다.

당장에 수많은 가솔들과 제자들의 생계가 막막할 뿐만 아니라, 수백 년 동안 이어왔던 그들의 전통과 자긍심 역시 쉽게 버릴 수 없는 것이었다.

"우리는 명(明)이 생기기 전에도 이 중원 땅을 지키고 있었으며, 몽골 오랑캐들이 중원 땅을 유린할 때도 꿋꿋이 버티고 맞서왔소! 임금이 바뀌고 나라가 바뀐다 해도 변하지 않는 것이 바로 무도(武道)요, 정도(正道)이올시다! 어찌 그들이 감히 우리를 반역도로 몰고 씨를 말리려 든단 말이오!"

황보혁군의 말에 모두 고개를 끄덕였다.

"아미타불, 이제까지 놈들의 행보로 보아 동창이 노리는 것은 결국 무림을 멸하는 것이오."

망우가 무겁게 입을 열었다.

"우리가 봉문을 하고 그들의 말을 따른다 해도 거기서 그치지 않을 것이 분명하오."

모두가 침중한 얼굴로 고개를 끄덕였다.

"결국 우리에겐 선택의 여지가 없소이다. 놈들에게 죽거나, 놈들을 물리치고 무림을 지켜 내거나······."

망우가 어두운 표정으로 말끝을 흐렸다.

정보에 의하면 동창의 전력이 만만치 않았다.

마교를 단 하루만에 무너뜨렸을 뿐만 아니라, 그 우두머리인 도중문이라는 도사는 마교주를 홀로 추살했을 정도로 무공의 경지가 높았다.

그렇지 않아도 혈교와의 혈전으로 인해 전력이 약해진 현 정도 무림이 그들을 막아낼 수 있을 가능성은 높지 않았다.

"아미타불······."

불호와 함께 망우의 시름이 깊어갔다.

＊　　　＊　　　＊

무림맹은 무한 외곽 동호 근교에 위치하고 있었다.

정문을 중심으로 폭이 이십 장이 넘어가는 대로가 길게 뻗어 있었고, 그 주변으로 수많은 상가와 객잔, 식당, 주점 등이 빼곡하게 늘어서 있어 항상 사람들로 북적댔다.

한데 오늘은 그 분위기가 사뭇 달랐다.

사방이 고요하고 무겁게 가라앉아 있었다.

상가와 객잔은 모두 문을 걸어 잠그고, 거리를 누비던 인파와 손님들은 찾아볼 수가 없었다.

대신 그 자리를 천 명이 넘는 관인들이 메우고 있었다.

그들은 대로를 가득 채우고 무림맹을 둘러싼 채 삼엄한 기세를 풍기고 있었다.

무림맹 정문 쪽으로 관인들 중 하나가 양손에 두루마리를 받쳐 든 채 걸어 나왔다.

정문에서 열 걸음 정도 앞에 멈춘 관인이 두루마리를 펴고 그것을 읽기 시작했다.

"역당들은 지엄하신 황명을 받으라! 황제께서 내리신 칙령을 어기고 반역을 꾀한 무림 도당들은 지금 당장 무기를 버리고 순순히 오라를 받으라! 만일 이를 따르지 않으면 황제께서 내리신 명을 받들어 너희 역적 무리를 한 놈도 남기지 않고 모두 참살할 것이다!"

두루마리를 모두 읽은 관인이 다시 뒤로 물러섰다.

끼이익!

그때, 무림맹 정문이 열리고 일단의 무리가 모습을 드러냈다.

망우와 정파의 고수들이었다.

"아미타불! 본디 무림은 관과 관여한 적이 없고, 정치에도 관여한 적이 없거늘, 어찌 역도가 될 수 있다는 말이오?"

망우가 심우한 공력이 담긴 목소리로 말했다.

하지만, 위압감이나 두려움을 주는 것이 아니라 사람들의 머리를 맑게 해주는 소리였다.

"본디라…… 본디 중은 싸움질에 열중할 것이 아니라, 수행에 정진하고 부처의 뜻을 깨우치기 위해 수도에 힘써야 하지 않느냐?"

관군의 뒤쪽에서 나직하면서도 사방을 가득 채우는 목소

리가 들려왔다.

망우의 시선이 목소리가 들려온 곳으로 향했다.

그곳에는 머리를 틀어 올려 비녀를 꽂은 도사가 있었다.

나이는 기껏해야 마흔도 안 되어 보였으나, 그럼에도 불구하고 선풍도골의 기세를 풍기고 있었다.

바로 황사 도중문이었다.

"음……."

망우가 침음성을 흘렸다.

상대에게서 느껴지는 기운이 만만치가 않았다.

망우조차 승부를 장담할 수 없을 정도였다.

"망우라는 땡중이 너로구나? 듣던 대로 보통이 아니로군. 마교 교주보다 더 경지가 높구나."

도중문의 두 눈에 이채가 일었다.

자신이 생각했던 것보다 망우의 경지가 훨씬 높았던 것이다.

"그 정도면 나와 겨룰 자격이 있도다."

광오한 도중문의 언사에 정파 고수들이 이를 갈았다.

"부탁드리오. 우리는 싸움을 원치 않으니 부당한 핍박을 멈추고 물러가 주시오."

망우가 간곡하게 말했으나, 도중문은 무표정한 얼굴로 망우의 말을 잘랐다.

"역도의 무리와 타협은 없다!"

동시에 도중문의 오른손이 위로 올라갔다.

"모두 역도들을 제압하라! 대항하는 자들은 참살하라!"

명이 떨어지자 동창의 무인들이 무림맹을 향해 몸을 날렸다.

그중에서도 하얀색 무복을 입은 자들이 가장 선두에서 달려들었는데, 그들의 움직임은 섬전과 같이 빠르고 가벼웠다.

"고수들이오! 모두 조심하시오!"

정문을 막아선 정파의 고수들이 공력을 끌어올리며 동창의 무인들을 맞이했다.

"이놈들!"

화산 장문 임혁군의 검이 수십 개의 매화 송이를 피워내자 앞서 달려들던 동창의 무사들이 피를 뿌리며 쓰러졌다.

"네놈의 상대는 나다!"

그때 어지간한 사람 키보다 더 길고 거대한 거치도가 임혁군을 덮쳤다.

마치 태산이 덮쳐오는 듯한 중압감에 임혁군이 급히 검강을 피워올렸다.

콰아아앙!

"허억!"

강기를 씌웠음에도 어마어마한 충격에 눌린 임혁군의 다

리가 절반이나 땅을 파고 들었다.

"후후! 이것밖에 안 된다면 실망이군!"

거구의 동창 무사가 이를 드러내며 비웃었다.

"이익!"

임혁군이 이를 악물며 거치도를 밀어내고는 홀쩍 뒤로 물러났다.

상대는 거치도를 어깨에 걸친 채, 여유로운 모습으로 임혁군의 행동을 방치했다.

너 따위는 언제든지 쓰러뜨릴 수 있다는 자신감이 가득 담긴 모습이었다.

홀쩍 뒤로 물러난 임혁군이 주변을 살폈다.

다른 이들 역시 동창의 무사들과 상대하고 있는데, 그 실력이 거치도를 든 사내 못지않았다.

무당의 태허진인은 쌍극을 든 눈동자가 없는 사내와 맞서고 있었는데, 무당제일검이자 십이천 중에서도 다섯 손가락 안에 들던 그가 우위를 점하고 있지 못했다.

오히려 연신 공격을 퍼붓고 있는 것은 쌍극을 든 사내였다.

소림 은자림의 고수인 무허와 무운 역시 괴이한 용모의 동창 무인과 혈투를 벌이고 있었다.

당장에 밀리지 않는 것은 그나마 십여 명의 은자림 고수들 때문인데, 그들이 백여 명이 넘는 동창의 무사들을 막으며 버티고 있었다.

하지만 동창 무사들은 숫자가 너무 많았고, 그 실력도 일반 무림맹 무사들을 압도했다.

시간이 지날수록 무림맹 측이 불리해질 것이 분명했다.

상황을 지켜보던 망우가 결심을 한 듯 몸을 날렸다.

표홀히 몸을 띄운 그가 허공을 가로질러 동창 무사들 뒤쪽에서 전황을 지켜보고 있던 도중문을 향해 쏘아져 갔다.

반전을 위해서는 우두머리를 꺾는 수밖에 없다고 여긴 것이다.

퍼퍼퍼퍽!

그가 지나간 자리로 길이라도 나듯 동창의 무사들이 짚단처럼 쓰러졌다.

어떻게 손을 썼는지, 그에게서 십여 장이 넘게 떨어진 곳까지 동창의 무사들 백여 명이 순식간에 쓰러진 것이다.

마치 바람에 갈대가 눕듯이 속절없이 무너져 내렸다.

"이름값을 하는구나!"

도중문이 기다리지 않고 마주 몸을 날렸다.

그를 중심으로 주변의 대기가 폭풍처럼 휘몰아쳤다.

우우우웅!

순간, 망우가 양손을 활짝 펴서 앞으로 쭉 내밀자, 폭이 반

장은 거뜬히 넘어 보이는 황금빛 장영이 두 사람 사이를 가로막았다.

도중문의 두 눈이 빛났다.

"호오! 대력금강장이로구나!"

소림 최고 절기 중 하나인 대력금강장이 모습을 드러낸 것이다.

"어디 소림의 최고 절기가 얼마나 위력이 강한지 보자!"

도중문이 조금은 흥에 겨운 목소리로 마주 장을 쳐냈다.

순간 주위의 대기가 도중문의 손바닥을 향해 급격히 빨려 들어갔다.

쉬이이익!

동시에 핏빛으로 달아오른 도중문의 손에서 십여 개의 혈장(血掌)이 쏟아져 나왔다.

투투투투퉁!

십여 개의 혈장과 황금빛 장영이 부딪히며 마치 속이 빈 나무 상자를 때리는 듯한 둔탁한 소리가 났다.

곧이어 황금빛 장영이 구겨지듯 일그러지더니, 섬광과 함께 터져 나갔다.

쩌어어엉!

공기가 찢어지는 파공음이 전투 중이던 무림맹과 동창 무사들의 움직임을 멈췄다.

모두의 눈길이 두 사람의 싸움으로 향했다.

두 거인들의 싸움이 결국 전장의 승패를 좌우할 것이 분명했기 때문이다.

폭발의 여파로 생겨난 흙먼지가 가라앉고, 첫 격돌의 결과가 사람들의 눈앞에 펼쳐졌다.

망우와 도중문은 장을 뻗은 채 허공에서 멈춰 있었다.

두 사람은 모두 아무런 충격을 받지 않은 듯 멀쩡해 보였다. 하지만 표정은 둘 모두 좋지 않았다.

망우는 어두운 얼굴로 도중문을 바라보고 있었다.

기선을 제압하기 위해 마음먹고 펼친 대력금강장이 너무 쉽게 막혔다.

이 싸움이 결코 쉽지 않을 것이라는 예감이 들었다.

도중문 역시 잔뜩 눈살을 찌푸리고 있었다.

대력금강장의 위력이 예상을 뛰어넘었다.

망우의 능력이 강호에 알려진 것을 능가한다는 반증이었다.

'쉽지 않겠군!'

도중문이 진진한 표정으로 공력을 끌어올렸다.

망우가 결코 여유를 두고 싸울 수 없는 상대라는 사실을 인정한 것이다.

구우우우우웅!

두 사람 사이에 기류가 거칠게 회오리쳤다.

땅이 울리고 대기가 울렸다.

건물이 흔들리며 돌가루가 날렸다.

싸움의 여파에 휘말릴까 무사들이 멀찌감치 떨어져 저절로 싸움 공간이 만들어졌다.

쿠우우웅!

하지만 두 초인들의 능력은 그 정도의 공간으로 감당할 수 있는 것이 아니었다.

곧이어 속개된 두 사람의 대결은 경천동지할 위력을 보여 줬다.

겨우 세 번의 초식 교환이 이루어지자, 무림맹의 성벽처럼 두터운 담벼락과 주변의 건물들이 지진이라도 난 듯 부서지고 무너져 내렸다.

가히 인간의 경지를 넘어선, 신들의 대결을 보는 듯했다.

망우의 거대한 장력이 연속해서 도중문을 때렸고, 도중문의 핏빛 장영이 그것을 파괴하고 찢어냈다.

그 모습은 마치 두 마리 용이 얽히고 물어뜯어 천둥과 번개가 쉴 새 없이 터져 나오는 것 같았다.

망우는 잔뜩 달아오른 얼굴로 연신 장을 쳐내고 있고, 여유롭던 도중문도 입을 꾹 다문 채 망우의 공격을 막아내고 있었다.

그 모습을 보며 정파 무림인들의 가슴에는 조금씩 희망이 솟기 시작했다.

"역시 망우 대사님일세!"

남궁진천과 혈교주의 싸움을 직접 목격했던 이들은 망우의 무위가 남궁진천보다 몇 단계 위의 수준임을 느낄 수 있었다.

"대력금강장이 저 정도의 위력일 줄이야……!"

소림의 제자들 역시 망우의 신위에 고양된 모습이었다.

반면 불안해하는 이들도 있었다.

망우의 막강한 무위에도 불구하고 도중문이 쉽게 밀리지 않았기 때문이다.

물론 지금 당장에는 망우가 계속 공격을 하고 도중문이 방어를 하는 형세였으나, 그것이 결코 도중문의 약세로 보이지는 않았다.

도중문은 한 발도 물러서지 않고 망우의 위력적인 공격을 방어해 내고 있었다.

정도 무인들은 망우가 도중문을 꺾어 주길 간절히 빌었다.

만일 망우가 패한다면 무림맹은 그대로 끝이었고, 정도 무림 역시 동창의 칼날 아래 짓밟히고 무너지게 될 것이다.

"반선수!"

그때 누군가가 놀란 목소리로 소리쳤다.

망우 앞쪽 허공이 백여 개가 넘는 수인으로 가득 뒤덮여 있었다.

소림이 자랑하는 또 하나의 절기, 반선수가 모습을 드러낸 것이다.

수인 하나하나가 황금빛 강기를 머금고 있는데, 백여 개의 수인 앞에 선 도중문의 모습이 마치 태풍 앞에 홀로 놓인 어린 묘목(苗木)처럼 위태로워 보였다.

순간, 도중문의 눈동자가 깊이 침잠했다.

붉은색 기류가 도중문의 온몸을 휘감았다.

그르르르르!

마치 야수의 울음 같은 소리와 함께 도중문의 등 뒤로 거대한 혈룡(血龍)의 형상이 드리워졌다.

우르르릉!

도중문이 검결지를 휘두르자 혈룡이 허공을 가득 메운 수인들을 향해 돌진했다.

동시에 수백 발의 뇌전이 허공을 때렸다.

쩌저저정!

파지지직!

뇌전에 직격당한 수인들이 터져 나갔다.

그도 모자라 수인들을 뚫은 뇌전 다발이 망우를 향해 쏘아졌다.

"아……."

정파 무인들의 입에서 침음성이 흘러나왔다.

계속 우위에 서 있던 망우가 순식간에 위기에 처한 것이다.

순간 망우의 전신이 눈부시게 발광(發光)했다.

한순간 눈이 멀 정도로 눈부신 섬광이 터져 나오며 뇌전다발들을 흩어버렸다.

"무상대능력!"

소림 최고의 방어 절기이자, 동시에 강기공이기도 한 무상대능력이 펼쳐졌다.

그간 강호에서 실전되었다 여겨진 소림의 절기 중 하나였는데, 오늘 그 모습을 드러냈다.

망우는 하나의 빛 덩이로 화해 있었다.

황금빛 광채로 뒤덮인 망우가 직접 몸을 날렸다.

"놈! 제법이구나!"

도중문 역시 지지 않고 마주 쏟아져 왔다.

두 손은 핏빛으로 물들어 있으며, 그의 주변으로는 일곱 개의 핏빛 광구가 회전하고 있었다.

두 사람이 허공 한가운데서 부딪혔다.

그들이 손과 발을 부딪칠 때마다 번쩍거리며 섬광이 터지고 천지가 진동했다.

인간의 싸움이 아닌 천신의 싸움이 벌어지고 있는 듯했다.

망우의 손에서는 실전되었던 소림의 절기들이 연이어 터져 나왔고, 도중문은 듣도 보도 못한 괴이하고 무시무시한 신공들을 쏟아냈다.

한 사람이 밀린다 싶으면 어느새 다른 이가 공격을 했고, 상대는 그 공격을 받아쳐 되돌렸다.

그야말로 난형난제, 용호상박의 대결이 계속되었다.

수십 합이 지나고 주변이 초토화되다시피 했음에도 두 사람은 우열을 가릴 수가 없었다.

두 사람이 싸우는 동안 다른 이들은 미동조차 할 수 없었다. 어마어마한 싸움의 여파에서 자신의 몸을 지키기도 급급했기 때문이다.

결국 이 싸움의 승패가 모든 것을 결정하게 될 것이었다.

두 거인이 부딪힌 지 백 합이 넘어갔을 때; 돌연 도중문이 크게 기합을 내지르며 훌쩍 뒤로 물러났다.

동시에 그의 온 몸에서 핏빛 촉수가 사방으로 쏘아졌다.

깜짝 놀란 망우가 막으려 했으나, 촉수는 망우를 노린 것이 아니라 주변의 무인들을 노린 것이었다.

핏빛 촉수는 적아를 가리지 않고 덮쳤다.

동창의 무인들과 정도 문파의 고수들이 깜짝 놀라 피하려 했으나, 촉수의 움직임은 그들의 예상을 넘어선 것이었다.

퍼퍼퍼퍼퍽!

백여 개가 넘는 촉수가 양측의 무인들을 관통했다.

같은 편의 무인들이 당했음에도 동창의 무사들은 전혀 동요하지 않았다.

"끄으으으!"

"흐으윽!"

그 순간, 촉수에 관통당한 자들이 쪼그라들기 시작했다.

촉수를 통해 그들의 정혈이 빨려 나가고 있던 것이다.

빨려 나간 정혈은 촉수를 통해 그대로 도중문에게 흡수되었다.

"이놈!"

심상치 않은 느낌에 망우가 급히 장력을 날렸으나, 어느새 도중문 주위에는 붉은 강기가 겹겹이 씌워져 있었다.

망우의 장력은 붉은 강기를 터뜨릴 뿐, 겹겹이 씌워진 강기의 안쪽으로는 영향을 미치지 못했다.

"크하하하하하!"

그때 도중문이 광소를 터뜨렸다.

어느새 촉수는 모두 사라진 상태였다.

촉수에 관통당해 정혈을 갈취당한 이들은 모두 목내이가 되어 바닥에 널브러져 있었다.

광소를 터뜨리는 도중문의 모습은 어느새 악귀처럼 변했

다.

얼굴은 핏줄이 불거져 나오고 송곳니가 튀어나와 있으며, 두 눈에서는 혈광이 쏘아져 나왔다.

그의 몸도 본래보다 두 배는 더 커졌고, 도복은 찢겨져 걸레가 되어 있었다.

그 사이로 드러난 몸은 짐승의 그것처럼 단단한 근육이 불거져 있었다.

"이놈! 내가 본신을 드러내게 하다니, 대단하다 인정하지 않을 수 없구나!"

도중문의 모습은 마치 아수라의 현신 같았다.

"저, 저런 괴물!"

"인간이 아니었구나!"

정파의 무인들이 경악하며 눈을 부릅떴다.

그럼에도 여전히 동창의 무인들은 동요하지 않고 있었다.

그들은 이미 모든 것을 알고 있는 듯, 오히려 잔뜩 고양된 표정으로 함성을 질렀다.

"놈! 세상에 존재해서는 안 될 사악한 것이로구나!"

망우가 멸마의 기운이 담긴 웅혼한 목소리로 소리쳤다.

하지만 도중문은 꿈쩍도 하지 않았다.

"크하하하, 사악한 존재? 무언가 큰 착각을 하고 있구나!"

한차례 크게 웃어재낀 도중문이 차갑게 말했다.

"너희 무림 버러지들. 아니, 인간이야 말로 사악한 존재가 아니더냐? 아무리 가르치고, 도를 이야기하고 부처의 뜻을 설파해도 인간이 그것을 따르더냐? 항상 제멋대로 약한 자들을 밟고, 강한 자에게 빌붙어서 세상을 좀먹는 것들이 너희 놈들이다! 한데, 그런 주제에 나에게 사악하다? 크하하하! 그야말로 부처가 콧방귀를 뀔 말이 아니더냐!"

망우의 표정이 어두워졌다.

상대에게서 느껴지는 기운이 전보다 몇 배는 더 강해졌기 때문이다.

놈이 본신을 드러내기 전에도 전혀 우위를 점하지 못했던 상황이다.

이젠 자신이 숨겨둔 모든 수를 동원해 최선을 다한다 해도 역부족일 가능성이 높았다.

"아미타불…… 부처께서 어리석은 세상에 죄를 물으시는 겐가……."

아마도 저 괴물은 썩고 더럽혀진 세상에 대한 부처의 심판일지도 모르겠다고 생각했다.

그러자 절망감과 함께 그간 스스로 인간의 한계를 벗었다 여겼던 자신에 대한 부끄러움이 밀려왔다.

'이럴 때 진 공자라도 있었다면…….'

진운룡이 있었다면 분명 상황이 지금과는 달랐을 것이다.

정확한 진운룡의 실력은 알지 못하나, 결코 자신보다 아래는 아니었다.

아니, 혈마를 척살하고 혈교주를 비교적 쉽게 제압한 그라면 지금의 도중문과도 충분히 겨뤄볼 수 있을 것 같았다.

그러나 이미 무림맹과 그다지 좋은 감정이 없는 진운룡이기에 도와달란 이야기조차 꺼낼 수 없었다.

'내가 조금만 일찍 그를 만났더라면……'

그랬다면 남궁진천을 막았을 것이고, 무림맹과 진운룡의 관계도 지금과 같지 않았을 것이다.

어쩌면 그의 도움을 받을 수도 있었을 것이다.

그간 그가 보여온 행보를 볼 때 충분히 그럴 만했다.

혈교와 관련이 있는 일이라면 항상 반대편에서 검을 들었던 그였다.

무림맹과 사이가 틀어지지만 않았다면, 이번 동창도 그와 함께 상대할 수 있었을 것이다.

그러나 이 모든 게 너무 늦은 후회였다.

당장에는 도중문을 어떻게든 저지하는 것이 자신의 몫이었다.

망우가 결연한 얼굴로 불호를 외웠다.

"내가 이 업보를 이고 가지 않으면, 그 누가 이고 가겠는가!"

크게 호통을 친 망우가 광채를 가득 두른 채 도중문을 향해 돌진했다.

"후후후, 그래! 최대한 발악하거라! 그래야 나도 재미를 볼 수 있지 않겠느냐?"

도중문이 크게 웃으며 마주 날아갔다.

덩치에서부터 배 이상의 차이가 나다 보니 고목나무의 매미처럼 망우가 초라해 보였다.

도중문의 몸을 둘렀던 핏빛 광구는 전보다 숫자도 크기도 배로 늘어 있었다.

열네 개의 광구가 쏟아지듯 망우를 때렸다.

콰콰콰쾅!

광구가 부딪힐 때마다 망우의 신형이 들썩였다.

그의 몸을 두른 빛무리도 불안하게 깜빡거리기 시작했다.

정파 무림인들은 그야말로 가슴을 졸이며 그 모습을 지켜봤다. 망우가 무너지게 되면 자신들 역시 무사하지 못할 것이기에 간절히 그가 이기길 기원했으나, 눈에 보이는 사정은 그들의 뜻과는 반대로 흘러가고 있었다.

망우는 점점 뒤로 밀리고 있었고, 그의 온몸에는 상처가 늘어났다.

반면 도중문의 무위는 갈수록 더욱 강력해지고 있었다.

무려 반 시진 가까이 공방이 이어졌을 때, 망우의 얼굴에 비장함이 어렸다.

"대자대비하신 부처시여……!"

순간 이를 악문 망우의 가사 자락이 크게 부풀어 오르는가 싶더니, 그의 온몸이 불덩이로 화했다.

"저, 저런!"

"안 돼!"

정파의 고수들이 경악하며 소리쳤다.

망우가 자신을 희생해서 도중문과 동귀어진하려는 것임을 알았기 때문이다.

실상이 그러했다.

망우는 선천지기까지 끌어올리고, 자신의 모든 공력과 육신을 산화해 하나의 불덩이로 화했다.

자신의 몸을 바쳐 도중문을 멸하고자 하는 것이다.

불덩이로 화한 망우가 섬전보다도 빠른 속도로 도중문에게 쏘아졌다.

상대의 기운이 심상치 않음을 느낀 도중문이 급히 몸을 피하려 했으나, 망우의 속도는 그가 상상했던 것 이상이었다.

미처 도중문이 반응하기도 전에 망우의 신형이 그와 충돌했다.

구웅!

마치 세상 전체가 진동하는 듯한 울림이 무림맹과 그 앞에 진을 친 양측 무사들을 흔들었다.

폭음의 크기가 너무 커서 인간의 청력을 벗어나, 그 충격파가 귀를 먹먹하게 만들었다.

동시에 두 사람이 충돌한 원점으로부터 눈을 멀게 할 정도의 섬광이 주변을 휩쓸었다.

거대한 폭발의 여파에 모두가 눈과 귀를 막으며 자리에 주저앉았다.

시간이 정지하기라도 한 듯 섬광은 한동안 사라지지 않았다. 마치 태양이 지상으로 떨어져 내린 듯했다.

영겁 같던 시간이 지나고, 섬광이 흩어져 두 사람이 충돌했던 곳의 상황이 드러났다.

"아아……."

"이럴 수가!"

한쪽에서는 탄식이. 다른 한쪽에서는 탄성이 터져 나왔다.

그곳에는 본래의 도사 모습으로 돌아간 도중문이 비틀거리며 서 있었다.

하지만 망우의 모습은 어디로 갔는지 흔적조차 사라진 상태였다.

"쿨럭! 독한 중놈!"

도중문이 주먹만 한 핏덩이를 토해내며 말했다.

마지막 망우의 공격은 그조차도 감당하기 힘든 것이었다.

그 마지막 공격을 막아내느라 도중문의 공력은 반을 잃었고, 상당한 내상까지 입은 것이다.

역시 연륜과 수행이 헛된 것은 아니었던지 망우의 경지는 자신의 예상을 뛰어넘은 것이었다.

"황사! 괜찮으십니까?"

육환이 급히 달려와 도중문을 부축했다.

"난 괜찮다! 신경 쓰지 말고 남은 놈들을 모두 추살해라!"

"충!"

육환이 즉시 동창의 무인들을 움직였다.

"무림의 쓰레기들을 모두 죽여라!"

동창의 무인들이 그대로 정파 고수들을 덮쳤다.

선두에는 다섯 명의 기괴한 외모의 사내들이 앞장서고 있었다.

달려드는 동창의 무인들을 바라보며 정파 고수들의 두 눈에 결의가 어렸다.

"망우 대사께서 자신을 희생하시어 적들의 수괴를 묶으셨소! 나머지 놈들만 막을 수 있다면 우리가 승리할 수 있소이다! 망우 대사의 희생이 헛되지 않도록 놈들을 막아냅시다!"

임혁군의 말에 정파의 고수들이 함성을 지르며 적을 향해 달려 나갔다.

임혁군과 태허, 진율, 황보혁군, 은자림 고수 무허 등이 앞장섰다.

그들의 기세는 날카롭게 벼려져 있었다.

망우의 희생으로 만들어진 기회를 놓치지 않으려는 의지가 엿보였다.

그들을 맞아 동창의 무사들이 칼을 맞댔다.

임혁군을 맞이한 것은 처음 그와 맞붙었던 거치도를 든 거한이었다.

무당 제일검 태허는 두 눈에 흰자위만 있는 쌍극을 든 사내를 마주했고, 공동파 제일고수 진율은 언월도를 든 자가 달려들었다.

이들은 남아 있는 정파 고수들 중 가장 강한 이들이었으나, 마주한 동창의 무사들은 전혀 밀리지 않았다.

오히려 시간이 지날수록 임혁군을 비롯한 고수들이 약세를 보이고 있었다.

정파 최고의 고수라 하는 이들이 고전하다 보니, 나머지 무인들은 더욱 어려움을 겪을 수밖에 없었다.

숫자가 배 이상 차이 나는데다 실력 역시 우위를 점하고 있지 못하는 상황이어서 굳은 결의에도 불구하고 정파 무인들은 동창의 공격에 속수무책으로 밀려났다.

그러자 임혁군을 비롯한 이들의 손발도 어지러워졌다.

쉬우욱!

서걱!

손을 맞대고 반 각이 채 지나지 않아 임혁군의 목이 거치도 사내의 손에 떨어져 허공으로 떠올랐다.

임혁군은 태허진인과 더불어 현재 이곳에 있는 고수들 중에 무공이 가장 높은 이였다.

그가 허무하게 무너지자 정파 무인들의 두 눈에 암담함이 어렸다.

그나마 버티고 있던 나머지 고수들 역시 몸이 온전한 이가 없었다.

이대로라면 몰살을 당할 것이 빤했다.

이곳에 있는 이들이 모두 죽는다면 각 문파와 세가는 그대로 와해되고 말 것이다.

여기서 의미 없는 개죽음을 당하느니 차라리 몸을 피신해 훗날을 기약하는 편이 옳은 일이었다.

"모, 모두 도망치시오! 훗날을 기약해야 하오!"

누군가의 외침이 그들의 멍해졌던 의식을 깨웠다.

순간 정파 고수들이 사방으로 흩어져 달아났다.

"놈! 그대로 놔둘 성 싶더냐! 한 놈도 놓치지 마라!"

육환이 동창 무사들을 나누어 정파 고수들을 추적했다.

이미 무한 전체에 천라지망이 구축된 상태였다.

정파 고수들이 달아날 수 있는 가능성은 실낱과 같았다.

남은 동창의 무사들은 무림맹에 불을 놓았다.

무림맹은 잿더미로 화했고, 수많은 정파 무인들이 관군과 동창에 도륙당했다.

결국 이날을 기점으로 무림맹은 그 깃발을 꺾고 강호에서 사라졌다.

*   *   *

마교가 무너진 지 얼마 되지 않아 또 다시 무림맹이 무너지자 강호는 공포와 혼란에 빠졌다.

동창의 공격에서 살아남은 정파 고수는 스무 명도 채 되지 않았다.

임혁군을 비롯해 무당의 태허, 공동의 진율, 팽가의 가주 팽천도, 점창과 장문 목진자가 목숨을 잃었다.

각파의 명숙들과 수뇌들이 동창의 칼날 아래 명을 달리 했으며, 그들과 함께하던 각파의 정예들 역시 죽음을 피하지 못했다.

그나마 수뇌부들 중 목숨을 부지한 이들은 황보세가의 가주 황보혁군과 은자림 고수 무허뿐이었다.

살아남은 이들은 관군을 피해 몸을 숨겼다.

구심점이 없어 훗날을 기약할 수도 없는 상황이었다.

그야말로 정도 무림은 사멸의 위기를 맞은 것이다.

이후 강호에는 조정에서 진정으로 무림을 말살하려 한다는 소문이 돌았다. 봉문하는 문파와 세가들이 늘어났고, 은거를 택하는 이들도 있었다.

혹여 불똥이 튈까봐 사파인들과 흑도 무리도 쥐죽은 듯 어둠 속으로 숨었다.

동창의 칼날이 다음에는 어디로 향할지 몰랐기 때문이다.

이렇게 강호 무림에 암흑이 도래했다.

3장
도중문

무림맹이 동창에게 무너진 다음날, 진운룡은 무한에 도착했다.

잿더미가 된 무림맹 건물들은 아직도 곳곳에서 연기가 피어오르고 있었다.

"도중문은 어디에 있다더냐?"

이전의 형체를 알아보기 힘든 건물들을 바라보며 진운룡이 구학에게 물었다.

"무한 시내에 있는 향화루에 머물고 있다 합니다."

향화루는 무한에서 가장 크고 유명한 기루였다.

"도사가 기루에 머문다고요?"

소은설이 눈살을 찌푸리며 말했다.

도중문은 황제의 스승이라는 칭호를 얻은 황실의 도사였다. 그는 황제에게 영단을 만들어 주며 신임을 얻어 당금에는 조정의 그 어떤 관료들보다 권세가 높았으며, 동창마저 손 안에 쥐고 주무르는 이였다.

그는 높은 도력으로 유명했는데, 그만큼 선도(仙道)에도 높은 경지에 도달해 있는 이였다.

그런 자가 기루에 머문다니 의외였던 것이다.

"알고 봤더니 향화루가 동창의 비밀 거점이었던 듯합니다. 가장 최근 소식에 의하면 놈이 망우 대사와의 대결에서 상당한 부상을 입었고, 그것을 추스르기 위해 향화루에서 칩거하고 있다는 것 같습니다."

부상을 당한 몸을 치유하기 위해서는 안전한 장소가 필요했다.

이번 일로 인해 도중문은 무림 전체의 적이 된 것이나 마찬가지였다.

도중문의 부상이 심한 지금이야말로 그를 없앨 절호의 기회였기에 이때를 노리고 습격해오는 자들이 있을 것이 분명했다.

무림맹이나 마교의 잔당들은 물론, 아직 모습을 드러내지 않은 은거 고수들도 무림의 멸망을 막기 위해 도중문을 노릴

가능성이 높았다.

적의 습격을 방어하기 쉽고, 도중문의 몸을 회복하기에 편안하고 조용한 장소가 필요했다.

그런 점에서 동창의 거점이야 말로 도중문에게는 가장 안전한 장소였다.

"그곳을 지키는 자들의 전력은?"

"백여 명 정도의 동창 정예들이 남아 도중문을 경호하고 있습니다."

"잘 되었구려! 놈이 부상을 입은 이때야말로 기회가 아니오? 주군, 당장 쳐들어갑시다!"

적산이 잔뜩 상기된 얼굴로 말했다.

"지금 도착했는데 서두를 것 없다. 어차피 놈은 부상당한 상태이니 당장에는 움직이지 못할 터, 우선 오늘은 여장을 풀고 쉰 후 내일 놈을 만나러 가는 것이 좋겠구나."

진운룡의 말에 적산이 아쉬운 듯 입맛을 다셨다.

동창만 생각하면 피가 거꾸로 솟아오르는 적산이었다.

지금 당장 놈들의 살을 바르고 피를 마셔야 속이 시원할 것 같았다.

하지만, 진운룡의 말대로 놈들은 당분간 움직이지 못할 것을 알기에 아쉬움을 달래며 내일을 기약했다.

일행은 향화루 근처에 있는 영웅객잔이라는 곳에 방을 잡았다.

객잔에는 손님이 별로 없었다.

근처에 동창의 무인들이 서슬 퍼런 기세를 풍기며 돌아다니고 있으니, 일반 백성이나 무인들이 향화루 주변에는 발길을 끊었기 때문이다.

그러다 보니 상당히 깔끔하고 편한 방을 싼 값에 얻을 수 있었다. 기왕 그렇게 된 것 여유롭게 각자 방을 하나씩 잡았다.

돈이야 어차피 구학이 알아서 계산하니 걱정할 것이 없었다. 오히려 구학은 속으로 무척 기뻐했다.

항상 진운룡, 적산과 같은 방을 썼는데 아무래도 그들과 함께 있으면 기를 펴지 못하는 것이 당연했다.

그런데 이렇듯 혼자 방을 쓰게 되었으니, 오랜만에 편안하게 쉴 수 있었던 것이다.

일행은 여장을 풀고 요기를 위해 일 층 식당으로 내려갔다.

주문은 구학이 맡아서 했는데, 간단한 소채와 오리 구이를 시키고 화주를 곁들였다.

간만에 편안한 밤이 될 것 같아 신이 난 모양이었다.

적산 역시 술을 마다하지 않는 터라 구학을 저지하지 않았다.

음식은 의외로 깔끔하고 맛있는 편이었다.

술을 한 잔 들이켠 적산이 진운룡을 슬쩍 바라봤다.

"주군, 내일 향화루에는 나도 함께 가겠소."

그간 진운룡은 싸움이 있을 때 거의 혼자서 움직였다.

적산과 함께한 적도 있으나, 대부분 적산은 일행을 지키기 위해 남아 있는 경우가 많았다.

혹시나 이번에도 자신을 떼어놓고 갈까봐 적산이 조바심에 말을 꺼낸 것이었다.

잠시 적산을 바라보던 진운룡이 고개를 끄덕였다.

"그래."

적산의 표정이 급격히 환해졌다.

"크흐흐흐! 조무래기들은 내가 다 족칠 테니 주군은 편하게 그 두목 도사 놈만 신경 쓰시오!"

입이 귀에 걸린 적산이 가슴을 탕탕 치며 말했다.

"놈도 혈신대법을 받았겠죠?"

소은설이 걱정스러운 얼굴로 물었다.

"그렇겠지."

"하우광과 망우 대사를 꺾은 것을 보면 만만치 않은 자에요."

"그래봤자 부상을 당했으니 혈교주를 때려잡은 주군께는 상대도 되지 않을 거요.

적산이 피식 웃으며 말했다.

"그럼요! 진 공자님이야 말로 현 천하제일인이 아니겠습니까?"

술 한 병을 비운 구학이 조금은 상기된 목소리로 맞장구를 쳤다.

"계획은 있으신가요?"

"계획은 무슨 계획! 그깟 사내도 아닌 놈들은 그냥 다 때려잡으면 그만이오! 안 그렇소? 주군!"

적산의 말에 진운룡이 담담한 표정으로 답했다.

"어차피 놈이 어디에 머물고 있는지 알지 못하니 모두 뒤져보는 수밖에는 없다."

향화루는 무려 육 층으로 이루어져 있고, 각 층마다 삼십여 개의 방이 있었다. 게다가 동창의 비밀 거점이라면 지하나 다른 숨겨진 곳에 따로 밀실도 갖추어져 있을 것이다.

그중 어느 곳에 도중문이 있을지 알 수 없으니, 그저 모두 부수고 확인해 보는 수밖에 다른 방법이 없는 것이다.

그나마 다행인 것은 천 명이 넘어가던 동창의 무사들이 백명 정도만 남았다는 사실이었다.

본디 향화루에 머물고 있던 이들과 합하면 그 수가 부쩍 늘어날 것이나, 향화루에 속해 있던 자들은 그 실력이 그다지 높지 않았기에 별로 신경 쓸 것이 없었다.

식사를 마친 일행은 각자의 방으로 돌아가 잠을 청했다.

적산은 다음날 벌어질 결전을 기대하며 뜬 눈으로 밤을 지 샜다.

*　　　*　　　*

향화루(香花樓).

무한 최대의 기루이자 동창의 비밀 거점이 바로 이곳이었 다.

마치 하나의 성을 보는 듯, 거대하고 고급스러운 건물 주 변에는 동창 무사들과 향화루 소속의 일꾼들이 삼엄한 기세 를 풍기며 경계를 서고 있었다.

향화루 소속의 일꾼들 역시 결국에는 동창의 위사들이었 는데, 그 숫자가 백오십 명이 넘었다.

동창의 무사들이 진을 친 이후로는 영업조차 중지했기에 향화루는 평상시 화려하고 소란스럽던 기루의 모습과 달리 조용하고 무거운 분위기였다.

그런 향화루 정문을 향해 두 인영이 다가왔다.

한 명은 거친 적발(赤髮)을 길게 풀어헤친 우락부락한 사 내였고, 다른 하나는 그와는 정반대로 옥으로 빚어놓은 듯

절세의 미안(美顔)을 가진 청년이었다.

바로 진운룡과 적산이었다.

사방을 살피며 눈을 부라리던 동창의 무사들이 두 사람에게 시선을 고정했다.

"멈춰라!

"감히 관인도 아닌 자들이 무기를 소지하고 돌아다니다니! 황상께서 내리신 칙령을 알지 못하는 것이냐!"

무림맹이 무너진 다음 날, 황제는 또 다른 칙령을 내렸다.

관인이 아닌 자들은 무기를 소지할 수 없으며, 만일 그것을 어길 시에는 역당으로 간주한다는 내용이었다.

그것 역시 무림인들을 제압하기 위한 조치 중 하나였다.

진운룡과 적산이 그 사실을 알 리가 없었다.

물론 그것을 알았다 하더라도 지금의 모습은 변하지 않았을 것이다.

진운룡과 적산은 동창 무사들의 호통을 무시한 채 향화루 정문으로 걸어갔다.

"역도의 잔당들이 분명하구나! 잡아라!"

그중 지휘관으로 보이는 이가 명령하자 십여 명의 동창 무사들이 진운룡과 적산을 향해 달려들었다.

"네놈들은 내가 상대해 주마!"

적산이 이때다 하고 앞으로 튀어나갔다.

수시로 진운룡에게 진기도인을 받은 적산이기에 어느새 그 경지가 화경을 훌쩍 넘어서 있었다.

그 실력이 구대 문파의 장문들과 견주어도 떨어지지 않았다. 게다가 타고난 오성은 오히려 그들을 훌쩍 능가하고 있기에 동창 무사들 십여 명 정도로는 그를 쉽게 막을 수 없었다.

어느새 빼든 적산의 도가 가장 앞서 달려오던 동창 무사의 허리를 그대로 갈랐다.

상체와 하체가 분리된 무사가 어찌 된 영문인지도 모른 채 집단처럼 무너져 내렸다.

"고, 고수다! 천혈단 위사들에게 연락을 해라!"

다급한 외침에 동창 무사들이 호각을 불어댔다.

"흥! 수염도 나지 않는 환관의 뒤나 빨아 대는 놈들! 오늘 이 적모가 너희 놈들 그 더러운 모가지를 시원하게 잘라주마!"

적산이 동창 무사들 사이로 유령처럼 몸을 움직였다.

스걱! 사악!

도광이 번뜩일 때마다 동창 무사들의 목이 하나씩 떨어져 나갔다.

동창 무사들 역시 악을 쓰며 덤벼들었으나, 적산에게는 역부족이다.

자비가 없는 그의 손속에는 동창에 대한 적대심이 그대로 나타나고 있었다.

결국, 적산이 움직인 지 반의 반 각도 되지 않아 십여 명의 동창 무사 중 온전히 서 있는 자는 하나만 남게 되었다.

"도중문이라는 쓰레기 말코 놈은 어디 있느냐!"

"이놈! 감히 황사의 이름을 함부로 부르다니!"

그때 향화루 안쪽에서 하얀 관복을 입은 자들이 달려 나왔다.

도중문이 직접 키운 동창의 정예 천혈단이 움직인 것이다.

＊ ＊ ＊

한편 진운룡은 적산의 싸움을 신경 쓰지 않고 기감을 끌어올려 향화루 안쪽을 살피고 있었다.

여러 움직임과 기운들이 그의 감각에 잡혔다.

진운룡은 한 줄기 진기를 끌어올려 밖으로 쏘아냈다.

쏘아낸 진기가 부채꼴 모양으로 파동을 그리며 향화루를 감쌌다.

그러자 향화루 안쪽의 기운들이 조금 더 확연하게 잡히기 시작했다.

"음……."

진운룡의 미간에 주름이 일었다.

일 층에서 육 층까지 많은 이들이 있었고, 제법 강한 기운도 몇몇 보였으나, 도중문의 흔적은 보이지 않았다.

도중문이라면 분명 다른 이들 보다 월등한 기운을 가지고 있을 것이 분명했다.

하지만 도중문이라 느껴지는 강력한 기운은 찾아볼 수 없었다.

대신 지하에서 강대한 기운이 느껴졌는데, 문제는 어느 곳이라고 특정할 수 없이 지하 전체가 강대한 기운을 풍기고 있다는 것이다.

'지하에 있는 것인가? 한데 이 기운은…….'

지하에서 진한 피의 향기가 느껴졌다.

부상에 의한 것은 아니었다.

또한 혈신대법을 받은 자들이 평상시에는 전혀 피의 기운을 풍기지 않음을 생각하면 그 이유는 한가지밖에 없었다.

"혈신대법!"

아마도 도중문이 현재 혈신대법을 펼치고 있는 것이 분명했다.

망우에게 당한 부상을 빠르게 회복하기 위해 혈신대법을 사용하는 모양이었다.

"들어가 보면 알 일!"

순간 진운룡이 몸을 날렸다.

"엇, 막아라!"

마침 향화루에서 달려 나오던 천혈단 무사들이 다급하게 소리쳤다.

하지만, 진운룡의 신형은 마치 유령처럼 그들의 검과 도를 피해 향화루 안쪽으로 사라졌다.

"놈을 잡아라!"

천혈단 무사들이 급히 몸을 돌려 진운룡을 뒤쫓으려 했다.

"어딜! 너희 놈들 상대는 나다!"

하지만, 적산이 도강을 날리며 훌쩍 뛰어올라 그들을 가로막았다.

*　　　　*　　　　*

향화루 지하.

석실이라기보다는 거대한 공동에 가까운 사방 삼십여 장이 넘는 거대한 공간.

그 한가운데에 잔뜩 일그러진 얼굴을 한 도중문이 가부좌를 틀고 앉아 있었다.

그는 본신을 드러낸 것이 아님에도 얼굴과 피부에 핏줄이 불거져 나와 있었다.

그를 중심으로 바닥에 주사(朱沙)로 그린 듯 혈선이 거미줄처럼 사방으로 뻗어 있는데, 자세히 보면 그 혈선은 천천히 도중문을 향해 흘렀다.

놀랍게도 그것은 진짜 피였던 것이다.

혈선이 연결된 반대편에는 더욱 놀라운 광경이 펼쳐져 있었다.

무림맹의 혈전 때 목숨을 잃었던 정도 고수들의 시신이 공동 외벽에 마치 어떠한 법칙에 맞춘 듯이 나란히 놓여 있었다.

그중에는 화산 장문 임혁군, 무당 제일검 태허. 팽가의 가주 팽천도 등, 당시 수뇌부들의 시신 역시 존재했다.

시신들의 모습은 참혹하기 그지없었다.

모든 시신들의 가슴이 열려 심장이 밖으로 꺼내진 상태였다.

그곳으로부터 핏물이 흘러 나와 혈선을 따라 도중문에게로 빨려들었다.

도중문의 주위로 핏빛 안개가 자욱하게 어려 있는데, 그 안개는 어두운 공동 안에서도 반딧불처럼 발광(發光)했다.

핏빛 안개가 명멸(明滅)할 때마다 도중문의 얼굴에도 붉은 기운이 어렸다 사라지기를 반복했다.

우우우우우우웅!

어느 순간, 마치 귀곡성과 비슷한 울림이 공동을 가득 채우기 시작하자 공동 앞에서 경계를 하던 천혈단 다섯 부단주의 얼굴에 화색이 돌았다.

"대법이 완성되어 가는군!"

거치도를 든 거한, 양대방이 입꼬리를 올리며 말했다.

"역시 이번 제물로 사용된 정파 놈들의 정혈이 효과를 발휘하는 모양이야."

눈동자가 없이 하얀 눈자위만 있는 사내, 야오량이 음산한 미소를 지었다.

"망우, 그 늙은 중놈이 정말 대단하긴 했지. 설마 그놈이 황사께 이토록 큰 상처를 입힐 줄 누가 예상이나 했나."

오 척 단신의 단단한 근육질 사내, 막충이 고개를 절레절레 흔들었다.

"하기야 백 살이 넘게 먹은 요물이니 그런 능력을 지닌 것도 당연하지. 그런 괴물을 죽인 황사께서야말로 진정 위대하시지 않은가."

얼굴이 흉터투성이인 사내, 척위강의 말에 나머지 네 부단주가 당연하다는 듯 고개를 끄덕였다.

그때 갑작스레 동창 무사 하나가 허겁지겁 달려왔다.

"부단주님! 큰일입니다!"

양대방이 거치도를 어깨에 걸며 눈살을 찌푸렸다.

"이게 무슨 소란이냐! 황사께서 중요한 대법을 시행 중임을 알지 않더냐!"

양대방의 호통에 흠칫 몸을 떤 동창 무사가 조심스럽게 입을 열었다.

"그, 그것이… 진운룡 그자가 이곳에 난입했습니다."

"뭐라!"

부단주들의 표정이 딱딱하게 굳었다.

"하필 이런 중요한 때……."

대법의 고비였다.

앞으로 일각 정도만 지나면 대법이 끝나 도중문은 본래의 능력을, 아니 본래의 능력보다 더 강력한 힘을 얻게 될 터였다.

한데 하필 이때 만만치 않은 상대인 진운룡이 들이닥친 것이다.

"무슨 수를 쓰던 놈을 막아야 한다! 천혈단을 전부 투입하라! 우리도 곧 움직이겠다!"

일각만 버티면 된다.

그 시간만 진운룡의 움직임을 지연시킬 수 있다면 도중문이 직접 나설 것이다.

대법으로 변화한 도중문은 진운룡을 능히 제압하리라.

"흥, 비열한 놈! 황사께서 부상당했다는 이야기를 듣고 기회를 노려 달려온 모양이구나! 하지만 그런 놈 따위야 우리만으로도 충분하다!"

야오량이 콧방귀를 뀌며 말했다.

"놈을 얕봐선 안 돼. 혈교주를 쉽게 제압한 녀석이다. 우리의 목적은 놈을 없애는 것이 아니라 황사께서 대법을 무사히 끝낼 때까지 놈을 막아내는 것이라는 것을 명심해야 해!"

언월도를 든 육진관이 무거운 목소리로 말했다.

"나도 그 정도로 어리석지는 않다! 잔말 말고 놈이나 막으러 가자!"

야오량이 불만 어린 표정으로 비죽이며 먼저 달려 나가자, 나머지 네 부단주도 그 뒤를 따라 몸을 날렸다.

*   *   *

천혈단은 일반 동창 무사들과는 차원이 다른 실력을 가지고 있었다.

한 명, 한 명이 모두 화경에 근접한 고수였다.

그런 고수가 스무 명이나 적산과 대치하고 있으나, 적산의 표정은 무척 여유로웠다.

"황상의 명을 거역하는 역도 놈을 제압하라!"

스무 명의 천혈단을 이끄는 조장, 전홍이 연검을 빼어들고 적산을 향해 쏘아졌다.

전홍은 이미 화경을 넘어선 고수였다.

뱀처럼 꿈틀거리는 그의 연검에는 푸른 강기가 어려 있었다.

강기가 어린 연검이 서늘한 기세를 뿜어내며 적산의 목을 노렸고, 나머지 스무 명의 천혈단이 적산을 둘러싼 채 합공해 왔다.

하지만 적산은 석상이라도 된 듯 제자리에서 움직이지 않았다.

하기야 사방에서 검이 날아오고 있으니 움직여 봐야 피할 곳도 없어 보였다.

전홍은 적산이 저항하기를 포기했다 여겨 회심의 미소를 지었다.

한데, 막 전홍의 연검이 적산의 목을 꿰뚫는다 생각한 순간, 적산이 갑자기 앞으로 달려들었다.

"엇!"

갑작스러운 움직임에 놀란 전홍이 헛바람을 삼켰다.

자신의 검을 향해 목을 내밀다니, 그야말로 죽으려 달려드는 꼴이 아닌가.

전홍은 적산의 목이 자신의 연검에 꼬치처럼 꿰일 것을 의심치 않았다.

그러나 놀랍게도 적산의 신형이 흐릿하게 흔들리며 순식간에 자신의 코앞에 나타나는 것이 아닌가.

"이, 이것이 무슨!"

전홍의 연검은 적산의 목을 꿰뚫지 못하고 얇은 혈선만을 남긴 채 옆으로 지나갔다.

하지만 적산의 도는 정확히 전홍의 명치를 깊이 파고들고 있었다.

"커헉!"

온몸을 마비시키는 고통 속에서 전홍의 의식이 멀어져 갔다.

화경에 이른 고수가 단 일 수에 어이없이 목숨을 잃은 것이다.

적산이 예상을 깨고 전홍을 향해 달려든 덕분에 그를 노리던 좌우와 후방의 검은 목표를 잃고 허공만 갈랐다.

"이런!"

뒤늦게 전홍의 죽음을 확인한 천혈단 단원들이 분노에 차 적산에게 달려들었다.

하지만 그들의 경지가 화경에 근접했다고는 해도 이미 화경의 끝자락에 도달한 적산과는 하늘과 땅의 차이만큼이나 커다란 격차가 있었다.

화경 고수인 전홍이 없는 이상, 그들은 적산의 상대가 될 턱이 없는 것이다.

우우우웅!

적산의 도에 길이가 거의 일 장이나 되는 강기가 어렸다.

"큭큭큭, 황실의 개새끼들이 주제도 모르고 날뛰는구나!"

적산의 신형이 흐릿하게 사라진 순간, 가장 우측에서 달려들던 천혈단 단원의 목이 육신과 분리되며 허공으로 떠올랐다.

그 움직임이 너무도 빨라 천혈단원들은 적산이 어떻게 움직였는지 확인조차 못했다.

첫 번째 단원의 목이 땅에 완전히 떨어지기도 전에, 다시 두 명의 천혈단원의 가슴에서 피가 뿜어져 나왔다.

그들의 왼쪽 가슴은 뼈까지 잘린 채 쩍 벌어져 있었다.

당연하게도 심장이 온전할 턱이 없었다.

두 사람의 심장을 베어버린 적산은 그대로 후방을 향해 미끄러졌다.

적산이 머물렀던 자리로 다섯 자루의 검이 떨어져 내렸다.

훌쩍 몸을 띄운 적산이 천근추의 수법을 사용해 다섯 자루의 검을 두 발로 밟았다.

챙강!

다섯 자루의 검이 부러져 나가며 그 충격에 천혈단원들의 신형이 휘청거렸다.

하지만 그들이 미처 자세를 바로잡기도 전에 적산의 도가 움직였다.

적산의 도가 크게 원을 그렸다.

서걱!

강기가 어린 도에 천혈단원들의 육신은 마치 두부처럼 쉽게 상하로 분리됐다.

피와 내장을 뿌리며 천혈단원들의 육신이 무너져 내렸다.

적산은 그들을 무시한 채 그대로 몸을 날려 또 다른 희생자를 찾았다.

적산의 잔인한 손속에 두려움을 느꼈음인지 천혈단원들이 흠칫하며 뒤로 물러섰다.

그렇다고 그들을 놓아줄 적산이 아니었다.

폭발적으로 쏟아진 적산의 신형이 뒤로 물러서던 천혈단원들을 관통했다.

퍼엉!

마치 가죽 부대가 터져 나가는 듯한 굉음이 울리며 적산의 앞쪽에서 물러서던 두 천혈단원의 육신이 그대로 터져 나갔다.

쿵!

반대편에 착지한 적산이 그대로 뒤로 회전하며 도를 휘둘렀다.

사아아악!

그러자 적산의 도가 움직인 궤적을 따라 길이가 삼 장은 족히 될 법한 반월 모양의 도강이 쏟아져 나갔다.

쉬아아악!

미처 피할 사이도 없이 반월 모양의 도강이 허둥대던 천혈단원들을 덮쳤다.

그 궤적에 놓여있던 다섯 천혈단원이 비명도 지르지 못한 채 양단되었다.

강기를 날린 후 천천히 몸을 일으킨 적산의 입가에는 광기어린 미소가 걸려 있었다.

"이제 다섯 놈만 남았구나?"

살아남은 천혈단원들은 살기로 가득한 적산의 눈빛에 공포를 느꼈다.

*   *   *

진운룡은 앞을 가로막는 천혈단원들을 무시한 채 지하로 통하는 입구를 찾았다.

천혈단원들이 몸을 날리며 진운룡을 막으려 했으나, 표홀한 그의 움직임은 그들이 쫓기에 불가능에 가까운 것이었다.

한편 진운룡의 얼굴에는 잔뜩 짜증이 어려 있었다.

지하로 통하는 입구를 찾을 수 없었기 때문이다.

'한 놈을 잡아서 물어봐야 하나?'

하기야 동창의 비밀 거점이니, 지하로 통하는 입구가 숨겨져 있는 것이 당연했다.

'이대로는 입구를 찾다가 날이 새겠군.'

진운룡은 어쩔 수 없이 움직임을 멈췄다.

동창 무사들 중 한 녀석을 잡아 입구를 알아내는 편이 낫다고 생각했기 때문이다.

물론 동창의 위사나 무사들이 쉽게 입구를 털어놓지는 않을 것이다.

하지만 그것은 제령안을 쓰면 해결이 될 문제였다.

놈들이 아무리 대단한 훈련을 받고 충성심이 강하다고 해도, 제령안으로 직접 기억을 훑어내는 데야 당해낼 도리가 없는 것이다.

"놈이 멈췄다!"

진운룡의 주변을 오십여 명의 천혈단원들이 둘러쌌다.

순간 진운룡의 양손에서 열 줄기의 광사(光絲)가 쏘아져 나왔다.

퍼퍼퍼퍽!

빛줄기는 사람이건 무기건 가리지 않고 일직선으로 관통

해 버렸다.

순식간에 열 명의 천혈단원이 반응도 못 해보고 나무토막처럼 쓰러졌다.

그들의 몸에는 빛줄기 몇 배 굵기의 구멍이 뚫려져 있었다.

그들은 무슨 일이 벌어졌는지도 모르는 듯, 눈을 부릅뜬 채 진운룡을 바라보던 그 모습 그대로 쓰러졌다.

진운룡은 마치 산책이라도 나온 듯 느긋하게 천혈단원들 사이에 섰다.

"지하로 통하는 입구는 어디냐?"

무방비한 자세로 진운룡이 물었다.

하지만 천혈단원들은 한 걸음도 움직일 수 없었다.

이미 상대가 자신들과는 차원이 다른 능력을 지닌 존재라는 사실을 알았기 때문이다.

"어차피 알게 될 일인데, 서로 힘 빼지 말자."

조금 짜증 어린 표정으로 진운룡이 말했다.

제령안을 쓰려면 결국 여기 있는 자들을 모두 무력화시켜야 한다.

그것은 번거로운 일이었다.

그렇다고 천혈단원들이 순순히 지하로 통하는 입구를 알려줄 리는 없었다.

"결국 제령안을 써야 하나……."

그 순간, 진운룡을 중심으로 거대한 기의 폭발이 일어났다.

구우우우웅!

마치 태풍이 몰아치는 듯 기의 폭풍이 천혈단원들을 덮쳤다.

콰아아앙!

폭음과 함께 진운룡을 둘러싸고 있던 천혈단원들이 사방으로 튕겨 나갔다.

거의 화경에 근접한 그들임에도 불구하고, 진운룡이 일으킨 기의 폭풍은 그들을 가랑잎처럼 날려 버렸다.

건물 벽과 기둥을 부수고 날아간 천혈단원들은 온전한 이들이 없었다.

그나마 두 명의 조장급 무인이 비틀거리며 간신히 몸을 일으키려 애쓰고 있을 뿐, 나머지 단원들은 팔다리가 꺾여 바닥에서 꿈틀대고 있었다.

"네놈이 좋겠군."

진운룡의 신형이 두 명의 조장 중 막 몸을 일으킨 자를 향해 쏘아졌다.

진운룡의 목표가 된 조장은 급히 피해보려 했으나, 온전한 몸으로도 힘들었던 일이 만신창이가 된 상황에서 가능할 리가 없었다.

어느새 진운룡의 오른손이 조장의 목을 틀어쥐었다.

진운룡은 조장의 목을 돌려 자신의 시선과 마주치도록 했다.

순간, 진운룡의 눈동자가 노랗게 변했다.

"크으으윽!"

뇌가 타들어가는 고통에 조장이 비명을 질러 댔다.

하지만 그를 고통에서 벗어나게 해줄 사람은 아무도 없었다.

잠시 후, 진운룡은 부들부들 몸을 경련하는 조장을 바닥에 내팽개쳤다.

"그러니 물어볼 때 대답했으면 서로 편하지 않나?"

권태로운 표정으로 쓰러진 천혈단원들을 한번 훑어본 진운룡이 조장의 기억 속에서 알아낸 지하로 통하는 입구를 향해 움직였다.

"주군! 내가 왔소!"

마침 입구에서 부딪힌 동창 무사와 천혈단원들을 모두 처리한 적산이 나타났다.

"놈이 있는 곳은 알아냈소?"

적산의 물음에 진운룡이 고개를 끄덕였다.

"아직 몸도 못 풀었는데 잘 되었군!"

적산이 진득한 살기를 피워 올리며 진운룡의 뒤를 따랐다.

지하로 통하는 비밀 입구는 주방 뒤쪽 식재료 창고에 위치했다.

식재료 창고의 구조 자체가 이중으로 지어졌는데, 벽 뒤에 제법 넓은 공간이 있고, 벽 자체가 그 공간으로 통하는 문이었다.

문은 공간 안쪽에서 잠겨 있었는데, 암구호를 대고 신분이 확인되어야만 열어주며, 공간 안쪽에 지하로 내려가는 계단이 뚫려 있었다.

그런데 진운룡과 적산이 창고에 도착했을 때에는 이미 기다리고 있던 이들이 있었다.

"어서 와라, 진운룡!"

칠 척이 넘는 거치도를 어깨에 걸어 올린 양대방이 걸걸한 목소리로 말했다.

그 옆으로 네 명의 천혈단 부단주들이 늘어서 있었다.

"이것들은 또 뭐야?"

적산이 시큰둥한 얼굴로 고개를 갸우뚱했다.

"흥, 이곳을 통과하려면 먼저 우리를 넘어서 보거라."

막충이 단단한 근육을 꿈틀대며 으름장을 놓았다.

그 말이 미처 끝나기도 전에 적산이 몸을 날렸다.

"네놈들은 나 혼자도 충분하다!"

시퍼런 강기를 뽑아 올린 적산의 도가 경쾌하게 공간을 갈 랐다.

"어딜 감히!"

야오량이 쌍극을 교차하며 적산의 도와 부딪혔다.

쩌정!

"호!"

적산의 두 눈에 이채가 일었다.

야오량이 적산의 강기를 전혀 밀리지 않고 받아냈기 때문 이다.

이제껏 상대했던 천혈단원이나 동창 무사들과는 비교할 수 없을 정도로 강한 상대였다.

반면 야오량의 얼굴은 일그러져 있었다.

야오량을 비롯한 다섯 부단주는 구파일방의 장문도 우습 게 볼 정도로 강한 이들이었다.

한데 그들이 경계하던 진운룡도 아닌, 겨우 그의 수하가 자신과 맞먹는 힘을 가지고 있는 것이다.

"이놈!"

야오량이 이를 갈며 공력을 일으켰다.

그의 쌍극에서 검붉은 강기가 일 장이나 쏟아져 나왔다.

"웃!"

갑자기 강력해진 상대의 힘에 적산이 훌쩍 뒤로 물러났다.

"크크크, 이거 손맛 좀 보겠는데?"

적산이 무척 즐거운 듯이 이를 드러내며 웃었다.

야오량의 얼굴이 붉게 달아올랐다.

만만하게 보고 나섰는데, 다른 부단주들이 보고 있는 앞에서 겨우 진운룡의 수하 하나도 제대로 처리하지 못하고 웃음거리가 된 것이다.

"어디 그 웃음이 언제까지 가나 두고 보자!"

야오량이 흰자위를 번뜩이며 쌍극을 휘둘렀다.

쉬쉬쉬쉭!

섬전 같은 빠르기로 쌍극이 연달아 적산의 요혈을 노렸다.

야오량의 특기는 상대에게 숨 쉴 틈을 주지 않는 연환 공격이었다.

눈으로 쫓기 어려울 정도로 빠른 움직임에, 적산은 쌍극을 쳐내기만 하는 것도 급급해 보였다.

하지만 그럼에도 불구하고 그의 입가에는 아직 미소가 걸려 있었다.

일 장이 넘어가는 강기가 코앞을 왔다 갔다 하고 있으나, 그의 눈은 쌍극의 움직임을 결코 놓치지 않았다.

두 사람의 격돌이 수십 합이 넘어서고 쉽게 끝을 보기 힘들겠다 느껴진 순간, 진운룡이 움직였다.

스윽!

마치 미끄러지듯 진운룡이 두 사람을 지나쳐 지하 통로를 향해 움직였다.

진운룡은 야오량과 적산의 치열한 격돌이 만들어 낸 충격파와 강기의 파편들을 아무렇지도 않게 통과해 어느새 네 명의 부단주 앞에 이르러 있었다.

"놈!"

"멋대로 놔둘 성 싶으냐!"

양대방과 육진관이 양쪽에서 거치도와 언월도를 크게 휘둘렀다.

파아아앙!

두 거병(巨兵)의 풍압에 못 이긴 대기가 찢겨 나갔다.

구 척에 이르는 양대방과 그에 못지않은 덩치를 가진 육진관, 두 사람이 앞을 막아서자 빠져나갈 공간 자체가 사라졌다.

만일 진운룡이 두 사람의 공격을 피하려면 뒤로 물러설 방법밖에는 없었다.

그런데 태산이라도 무너뜨릴 듯 거세게 내리 꽂히던 거치도와 언월도가 도중에 정지해 버렸다.

놀랍게도 두 거병(巨兵)의 궤적을 막은 것은 인간의 손이었다.

진운룡이 손을 들어 거치도와 언월도를 잡아버린 것이다.

그 손은 눈부실 정도의 광채에 휩싸여 있었다.

쩌어어엉!

쇠와 쇠의 부딪힘이 아님에도 마치 범종이라도 때리는 듯한 소리가 터져 나왔다.

양대방과 육진관이 이를 악물며 공력을 끌어올려 진운룡의 손아귀에서 빠져나오려 했지만, 두 사람의 무기는 못이라도 박힌 듯 꼼짝하지 않았다.

"크윽!"

한계까지 힘을 끌어올린 두 사람의 얼굴과 팔에 핏줄이 불거져 나왔다.

반면 진운룡은 숨도 흐트러지지 않은 여유로운 모습이었다.

"젠장!"

두 사람이 진운룡을 감당할 수 없음을 느낀 막충과 척위강이 급히 공격에 합세했다.

어느새 쇠꼬챙이처럼 가는 쌍검을 뽑아 든 척위강이 진운룡의 옆구리를 노리고 검을 뻗었다.

반대편으로 돌진한 막충은 진운룡의 목과 머리를 향해 아이 머리통만한 권강을 연달아 쏘아 댔다.

순간, 원형의 빛무리가 진운룡의 신형을 감쌌다.

쾅! 콰쾅!

막충의 권강이 빛무리와 부딪히며 폭발했다.

하지만 폭발은 빛무리 바깥쪽에서만 이루어졌다.

빛무리 안쪽은 전혀 다른 세상인 듯 고요하기만 했다.

척위강의 쌍검 또한 비슷했다.

두 자루의 검은 진운룡의 옆구리 부근 허공에서 무언가에 가로막힌 듯 전진하지 못했다.

빛무리를 뚫지 못한 것이다.

"이런 괴물 같은 놈!"

부단주들은 경악했다.

소문은 들었으나, 설마 진운룡의 무위가 이 정도일 줄은 전혀 예상치 못했다.

'이자를 이대로 보내게 되면 황사께서 위험하다!'

부상이 완쾌되지 않은 도중문은 결코 진운룡을 이길 수 없을 것이 분명했다.

"막아야 한다!"

네 부단주가 결연한 표정으로 눈길을 교환했다.

이곳에서 목숨을 잃는 한이 있더라도 도중문이 대법을 완성할 때까지 진운룡을 막아내야 했다.

그렇지 못한다면 새로운 세상도, 그들이 받게 될 영생도, 모두 끝이다.

"피의 권능을!"

양대방이 소리쳤다.

나머지 세 부단주가 입술을 깨물고 고개를 끄덕였다.

피를 흡수하지 않은 상태에서 무리하게 피의 권능을 사용하면 오래가지 못할 뿐 아니라 스스로의 생명을 태워야 했다.

하지만 그렇게라도 진운룡을 막아야 했다.

네 부단주의 몸에서 강력한 기운이 뿜어져 나왔다. 동시에 그들의 두 눈에서 핏물이 흘러나왔다.

스스로의 생명을 태워 피의 권능을 발현하고 있는 것이다.

그들의 신체가 변모하기 시작했다.

근육이 꿈틀대며 부풀어 오르고, 입은 양옆으로 길게 찢어졌다.

두 눈은 핏빛으로 가득했고, 온몸에는 검붉은 핏줄이 불거져 나왔다.

몇 배로 강해진 기세에 한 걸음 뒤로 물러선 진운룡이 검을 뽑았다.

네 사람의 무시무시한 모습에도 진운룡의 표정은 여전히 여유로웠다.

"절대 이곳을 지나가지 못한다!"

양대방이 포효하며 거치도로 바닥을 내리쳤다.

쩌저저적!

동시에 바닥이 갈라진 틈새를 따라 무려 이 장 높이에 이르는 도강의 파도가 일직선으로 진운룡에게 쏘아졌다.

"하압!"

척위강과 막충이 그에 맞춰 거대해진 몸으로 육탄 공세를 감행했다.

진운룡은 주저하지 않고 양대방이 날린 도강의 파도 한가운데로 뛰어들었다.

촤아아악!

배가 물살을 가르듯 진운룡의 검이 도강의 파도를 좌우로 가르고 앞으로 뻗어 나갔다.

"으아압!"

잔뜩 일그러진 얼굴로 기합을 터뜨린 양대방이 달려드는 진운룡을 향해 거치도를 내리쳤다.

하지만 세상 그 어떤 것이라도 양단해 버릴 듯 무겁게 떨어져 내리던 거치도를, 진운룡은 손목을 움직이는 것만으로 가볍게 튕겨냈다.

쩌어엉!

양대방이 그 반발력을 이기지 못하고 뒤로 두 걸음 밀려났다.

그때, 진운룡의 배후로 막충과 척위강이 덮쳐왔다.

"헛!"

"이런!"

하지만 어느새 진운룡의 신형은 연기처럼 사라진 뒤였다.

목표를 놓친 두 사람이 헛바람을 들이켰다.

어느새 진운룡은 두 사람의 배후를 점하고 있었다.

두 사람은 확인도 하지 않고 즉시 좌우로 몸을 꺾었다.

슈가각!

그 사이를 눈부신 빛줄기가 관통하고 지나갔다.

빛줄기가 긁고 간 바닥은 지하까지 깊게 갈라졌다.

간신히 피한 두 사람의 양쪽 어깨에는 핏물이 배어 있었다.

빛줄기에 닿지 않았음에도 살갗이 벗겨진 것이다.

"강기도 아니고, 대체……."

두 사람이 경악한 얼굴로 몸을 날릴 때, 이미 진운룡은 양대방 앞에 나타나 있었다.

파슛!

진운룡의 검이 횡으로 공간을 갈랐다.

강기를 두껍게 두른 거치도로 전면을 막고 있던 양대방은 그도 모자라 최대한 몸을 뒤로 날렸다.

꽈아앙!

마치 대기가 일그러지는 듯한 폭음이 터지며 양대방의 몸이 실 끊어진 연처럼 뒤로 튕겨 날아갔다.

"쿨럭!"

창고의 벽을 부수며 십여 장을 날아간 양대방이 지하 통로 앞에 처박힌 채 입에서 피를 한 움큼 토해냈다.

진운룡이 지하 입구를 향해 몸을 날렸다.

"아직이다!"

순간, 육진관이 언월도를 휘두르며 진운룡을 가로막았다.

구 척에 달하던 키가 십일 척은 넘게 커져 있고, 덩치 역시 그에 비례해 거대하게 불어나 있었다.

횡으로 베어진 언월도가 진운룡의 신형을 위아래로 양단했다.

슈아아악!

육진관의 얼굴이 일그러졌다.

손에 걸리는 것이 없었기 때문이다.

양단된 것은 단지 진운룡의 허상이었던 것이다.

온 힘을 다해 휘두른 언월도의 궤적 위로 흐릿한 잔영이 보인다 싶은 순간.

"크윽!"

갑작스럽게 느껴지는 막대한 무게감에 육진관의 언월도가 바닥으로 떨어져 내렸다.

콰악!

어느새 진운룡이 언월도 끝을 밟고 서 있었던 것이다.

언월도가 대리석 바닥과 부딪히며 불똥을 일으켰다.

"우웁!"

육진관이 급히 언월도를 빼내려 했지만 두 팔은 요지부동이었다.

쉬이이익!

그때 진운룡의 검이 긴 호선을 그렸다.

인간이 만들어 냈다고 하기엔 믿기 힘들 정도로 완벽하고 아름다운 빛의 곡선은 보는 이를 황홀하게 했다.

하지만 육진관에게 그것은 공포와 절망의 사선(死線)이었다.

하얗게 질린 얼굴로 육진관이 급히 언월도를 놓은 채 뒤로 몸을 날렸다.

하지만 완벽히 피해내기에는 그 속도가 너무도 빨랐다.

츠카악!

"크아아악!"

육진관의 두 팔이 팔꿈치부터 잘린 채 피를 뿌렸다.

"이, 이노옴!"

막충과 척위강이 이를 갈며 달려들었다.

그에 맞춰 진운룡의 몸이 부드럽게 회전했다.

회전과 함께 한 줄기 눈부신 빛의 원반이 두 사람을 덮쳤다.

"우와아아악!"

"하이아압!"

두 사람은 자신이 낼 수 있는 최대의 공력을 끌어내 주먹과 두 자루의 검에 집중했다.

막충과 척위강을 중심으로 거대한 기(氣)의 막이 겹겹이 중첩되었다.

진운룡이 만들어 낸 빛 원반과 강기의 막이 충돌했다.

쩌저적!

십여 겹으로 중첩된 강기의 막이 삽시간에 깨져 나갔다.

빛 원반은 강기의 막을 부수고도 여력이 남아 막충과 척위강을 뒤로 날려 버렸다.

두 사람은 동시에 입에서 피를 뿜어내며 십 장 가까이 날아가 바닥에 처박혔다.

척위강의 두 자루 검은 조각조각 터져 나가 그 자루만 남은 상태였고, 막충의 두 팔은 마치 걸레처럼 너덜너덜해져 있었다.

그들은 공포와 절망, 무력감을 동시에 느꼈다.

상대는 그야말로 괴물이었다.

혈신대법을 통해 강력한 힘과 육신을 손에 넣은 이후로 이토록 절망을 느낀 적은 처음이었다.

아니, 자신들이 누군가에게 이토록 일방적으로 무너지는 일이 벌어질 것이라고는 상상조차도 못했다.

자신들의 스승이자 황사인 도중문을 제외하고는 중원 땅에서 그들이 겁낼 자는 존재하지 않는다고 여겼다.

한데 지금 그들의 앞에 그런 존재가 나타난 것이다.

'황사라 해도 승부를 장담할 수 없다!'

망우와 황사의 대결을 보았을 때도 이런 위압감은 없었다.

망우의 실력이 예상보다 뛰어나 도중문에게 상당한 부상을 입히기는 했으나, 결코 그에게 두려움을 느끼지는 않았다.

하지만 진운룡은 공포, 그 자체였다.

진운룡의 표정과 기도는 물론 호흡에 이르기까지, 그들을 빈사지경으로 만들기까지 한 치도 흐트러지지 않았다.

시종일관 아무런 감정도 담겨 있지 않은 진운룡의 표정이 그들에게는 더욱 소름끼치도록 두려움을 줬다.

네 사람이 진운룡의 손에 쓰러지자, 적산과 호각의 대결을 벌이고 있던 야오량 역시 손발이 어지러워졌다.

"크악!"

결국 적산의 도가 야오량의 가슴에 대각으로 제법 깊은 상흔을 만들었다.

쩍 벌어진 상처에서 피를 뿜어내며 야오량이 휘청거리는 순간, 적산의 도가 그의 목을 잘랐다.

서걱!

허공으로 떠오른 야오량의 머리통이 무척 비현실적으로

느껴졌다.

적산의 모습을 잠시 지켜본 진운룡이 지하 입구를 향해 걸음을 옮겼다.

"이, 이놈!"

양대방이 휘청대며 진운룡의 앞을 막아섰으나, 제대로 서 있기조차 쉽지 않아 보였다.

진운룡이 마지막 정리를 하기 위해 천천히 검을 들었다.

양대방과 두 손목이 잘린 채 쓰러진 육진관이 절망적인 눈빛으로 진운룡의 검을 바라봤다.

쿠우우우우웅!

그때였다.

굉음과 함께 갑자기 향화루 전체가 지진이라도 난 것처럼 진동했다.

동시에 쓰러져 있던 네 부단주의 얼굴에 화색이 돌았다.

"드디어!"

"크윽…… 대법이 완성되었구나!"

"크크크, 이제 황사께서 네놈에게 천외천(天外天)이 있음을 친히 알려주실 것이다!"

진운룡의 두 눈에 처음으로 표정이 떠올랐다.

지하에서부터 느껴지는 진동과 그 기운이 무척 익숙한 것이었기 때문이다.

'마치 그때와 비슷하군.'

그가 혈마의 목을 베었을 때, 그에게 쏟아졌던 혈신대법의 기운, 그것과 흡사한 기운이 지하로부터 뿜어져 나오고 있었다.

잠시 후 넓게 퍼져 있던 기운이 한 점으로 수렴하더니, 그곳에서 강렬한 기세를 뿜어내는 한 존재가 진운룡의 감각에 잡혔다.

도중문이 분명했다.

마치 진운룡을 응시하기라도 하는 듯 도중문의 기세가 진운룡에게로 집중되더니, 그가 빠른 속도로 진운룡을 향해 움직이기 시작했다.

곧이어 지하 입구로 검붉은 안개 덩어리가 모습을 드러냈다.

그 안에서는 한 쌍의 붉은 안광이 뿜어져 나오고 있었다.

"네놈의 짓이냐?"

도중문이 주변에 널브러져 있는 천혈단 부단주들을 보며 물었다.

"그대가 도중문인가?"

진운룡이 아무런 감정도 담기지 않은 목소리로 되물었다.

"감히!"

분노에 휩싸인 도중문의 주변으로 핏빛 안개가 소용돌이

쳤다.

자신의 손으로 직접 키운 심복들이 회복할 수 없는 상처를 입은 채 죽어가고 있었다.

천혈단은 그가 상당한 노력을 들여 키워낸 존재들이었다.

게다가 그가 가진 전력의 칠 할을 넘는 강력한 무력이다.

그런 소중한 존재들이 진운룡의 손에 부서지고 사라져 버렸으니, 당연히 분노할 수밖에 없었다.

"내가 큰 실수를 했구나, 무림을 치기 전에 진즉에 네놈 먼저 없애야 했거늘!"

도중문의 두 눈에서 혈광이 줄기줄기 뻗어 나왔다.

기껏 진운룡 하나가 무슨 일을 할 수 있을까 하여 방치한 결과가 지금 이 상태였다.

진운룡을 너무 가볍게 본 것이 그의 실수였던 것이다.

알고 보니 진운룡은 기껏 하나가 아니었다.

그 하나가 무림 전체보다도 위험한 존재였던 것이다.

도중문의 기세가 사방의 공간을 가득 채우고 무겁게 내리눌렀다.

"으음……."

강한 압력에 적산이 신음을 흘리며 공력을 끌어올렸다.

그 가운데 진운룡은 미동도 않고 서 있었다.

마치 태풍 속에 홀로 꿋꿋이 버티는 노송(老松) 한 그루를 보는 듯했다.

도중문은 분노한 중에도 속으로 놀랄 수밖에 없었다.

지금 주변을 덮고 있는 기운은 혈신대법이 완성된 후, 전보다 배는 늘어난 그의 공력을 팔 할이나 뿜어낸 것이다.

일반 무인들은 이 안에서 육신을 보전하는 것조차 힘들고, 각파의 장문인급 고수라 해도 운신이 쉽지 않은 압력이 사방을 장악하고 있었다.

한데도 진운룡은 전혀 압력을 느끼지 못하는 듯, 너무도 여유로운 모습이었다.

도중문은 진운룡이 망우보다 강한 상대라는 사실을 인정할 수밖에 없었다.

그는 분노를 가라앉히며 신중하게 공력을 갈무리하여 자신의 몸에 압축시켰다.

"그래, 네놈의 실력은 인정하지 않을 수 없구나. 하지만, 오늘 하늘 위에 하늘이 있음을 네놈에게 알려주마!"

드드득!

도중문의 몸이 변화하기 시작했다.

불거진 핏줄, 찢어진 입, 두 눈에서 뿜어지는 핏빛 귀화(鬼火).

이미 혈신대법을 통해 흡수한 피로 본신을 드러낸 것이다.

본신으로 변한 도중문의 몸 주위로 스무 개가 넘는 혈구가 형성되었다.

망우와의 대결에서 일곱 개에 불과했던 핏빛 광구가 무려 스무 개로 늘어난 것이다.

그만큼 이번 대법을 통해 그의 능력이 증폭되었다는 이야기였다.

동시에 핏빛 안개가 그의 주위를 소용돌이쳤다.

그의 도복 역시 피로 젖어 붉게 물든 상태였기에, 온통 붉은색 일색인 와중에 그의 피부만 백지장처럼 하얘서 묘하게 어긋나고 기괴한 느낌을 줬다.

진운룡의 두 눈에 이채가 일었다.

도중문에게서 느껴지는 기운이 자신에게 죽임을 당했던 혈마보다도 높았던 것이다.

백삼십 년 전 제갈여령의 부탁으로 강호에 나온 이후로 마주했던 상대들 가운데 가장 강한 자였다.

과연 하늘 위의 하늘이라며 큰소리칠 만했다.

쉬익! 쉭!

도중문이 혈구들을 날렸다.

스무 개의 혈구가 연달아 진운룡을 향해 쏘아졌다.

진운룡의 검이 풍차 돌아가듯 회전했다.

그러자 진운룡의 앞쪽으로 방패 모양의 넓은 빛의 원반이 생겨났다.

터터터텅!

빛의 원반과 부딪힌 혈구들이 튕겨 나갔다.

하지만 곧바로 뒤로 튕긴 혈구들이 궤도를 돌려 다시 원반을 두드렸다.

스무 개의 혈구는 마치 꼬리라도 물고 있는 듯, 줄지어 원반을 때렸다.

혈구들과 원반은 서로 대등한 힘을 가지고 있는지 한쪽이 밀리지도, 소멸하지도 않고 계속 부딪히길 반복했다.

두 기운의 대치가 지속될수록 도중문의 얼굴은 딱딱하게 굳어갔다.

이번 대법을 통해 망우와 대결했을 때보다 더 큰 힘을 얻은 그였다. 지금의 자신이라면 망우를 쉽게 이길 수 있었다.

한데 진운룡은 자신의 공격을 전혀 밀리지 않고 받아내고 있는 것이다.

물론 진운룡이 망우보다 강한 상대임은 그도 처음 본 순간부터 느낄 수 있었다.

하지만 그렇다고 다섯 번의 대법을 완성한 자신과 대등한 대결을 펼칠 수 있으리라고는 전혀 생각지 못했다.

'그렇다고 달라지는 것은 없다!'

어차피 도중문은 상대가 누구든 결코 얕보거나 방심하는 어리석은 짓을 하지도 않을뿐더러, 진운룡은 처음부터 얕볼

만한 상대도 아니었다.

자신의 모든 능력을 발휘해서 반드시 부숴야할 장애물이었다.

지금 자신의 실력이라면 능히 부술 수 있으리라.

도중문이 혈구에 가해지는 공력을 더욱 끌어올렸다.

그러자 진운룡이 만든 빛의 원반이 조금씩 흔들리기 시작했다.

혈구가 부딪히는 곳마다 일렁임이 일었다.

그 빛이 더욱 밝아진 혈구에 비해 버티기에 급급한 모습으로 보였다.

그러나 그것도 잠깐이었다.

한순간 진운룡의 검의 움직임이 더욱 빨라진다 싶더니, 빛의 원반이 훨씬 더 두터워진 것이다.

그렇게 되자 증폭된 혈구도 빛의 원반에 전혀 타격을 주지 못했다.

조금은 지루할 정도로 두 기운의 대치가 지속되자 도중문이 어느 순간 혈구를 거둬들였다.

지금의 방법으로는 승패를 결정할 수 없다고 느꼈기 때문이다.

도중문이 주변에 퍼져 있던 핏빛 안개와 기운을 갈무리하기 시작했다.

진운룡의 두 눈이 빛났다.

'기운을 압축하는 것인가?'

상대의 의도를 눈치챌 수 있었다.

보통의 강기로는 서로에게 아무런 피해를 줄 수 없는 상황이기에 도중문은 강기와 기운들을 최대한 압축시켜 그것으로 승부를 보려는 것이다.

진운룡 역시 비슷한 생각을 하고 있었다.

그가 강호에 첫 걸음을 내딛은 이후로 오랜만에 싸울 만한 상대를 만났다.

그간은 그 악명 높고, 무림인에게는 공포의 대상이던 혈마조차도 그의 상대라 생각지는 않았다.

한데 도중문은 진운룡이 본신의 실력을 발휘해 상대할 자격이 되는 자였다.

오랜만에 진운룡의 가슴에 뜨거운 열기가 일었다.

물론 혈신대법의 저주로 인한 광기의 영향을 받은 터일 수도 있으리라.

'어디, 제대로 상대해 볼까?'

진운룡의 입꼬리가 쓰윽하고 위로 말려 올라갔다.

드드드드드!

순간 주변의 대기가 요동치기 시작했다.

츠츠츠츠츠!

"허억!"

그러자 쓰러져 있던 다섯 부단주들의 상처로부터 피가 솟구쳐 올랐다.

그 핏줄기들이 긴 실선을 그리며 진운룡에게로 빨려 들어갔다.

도중문이 두 눈을 부릅떴다.

"너!"

피를 흡수한 진운룡의 모습이 조금씩 변해갔다.

두 눈에서 혈광이 뿜어져 나왔으며, 온몸에 핏줄이 불거져 나왔다.

도중문이나 다른 이들처럼 덩치가 커지지는 않았지만, 분명 피의 권능을 발휘해 본신을 드러낸 것과 같은 모습이었다.

"네놈이 어떻게 혈신대법을!"

도중문이 경악한 얼굴로 소리쳤다.

그 모습은 분명 자신들의 그것과 같았다.

도중문의 반응에 진운룡의 입가에는 비릿한 미소가 걸렸다.

어느새 빨려 들어오던 핏줄기는 사라진 상태였다.

그에게로부터 진한 혈향과 함께 막대한 기운이 쏟아져 나왔다.

"크으으……."

도중문의 얼굴이 일그러졌다.

그는 지금 머릿속이 온통 뒤엉켜 있었다.

대체 어떻게 진운룡이 피의 권능을 사용한다는 말인가.

그러고 보니 언젠가 진운룡이 피를 흡수한다는 보고를 받은 기억이 났다.

하지만 당시에는 마공이나 사술을 익힌 것이라 여겨 그다지 중요하게 생각지 않았다.

마공 중에서는 피나 정혈을 흡수하여 공력을 키우는 종류가 제법 되었기 때문이다.

한데 지금 눈앞에서 확인한 진운룡이 사용하는 힘은 분명 피의 권능이었다.

"어디서 얻은 것이냐!"

도중문이 흥분한 얼굴로 물었다.

"후후, 그건 오히려 내가 묻고 싶은 말이군."

어느새 광기가 어린 진운룡의 눈빛이 도중문을 잡아먹을 듯이 노려봤다.

"혈마의 후예인가? 아니지…… 그렇다면 혈교놈들과 적대했을 이유가 없지……."

도중문이 복잡한 얼굴로 머리를 저었다.

"어차피 서로 말은 필요 없지 않은가? 시간 낭비 말고 승부를 보도록 하지."

진운룡의 검이 붉은 광채를 뿜어냈다.

그 모습이 마치 핏빛 태양을 보는 듯했다.

"오냐, 바라던 바다! 어차피 네놈을 제압하고 모든 것을 알아내면 될 일!"

도중문의 도포 자락이 터질 듯이 부풀어 올랐다.

그의 손은 진운룡의 검처럼 붉게 빛나고 있었다.

하지만 그 빛의 범위는 전과 다르게 무척 작았다.

그만큼 압축되어 있다는 것을 뜻했다.

스슷!

진운룡이 먼저 움직였다.

유령처럼 사라진 신형이 도중문 바로 코앞에서 그 모습을 드러냈다.

핏빛 광채에 휩싸인 검이 섬전 같은 속도로 도중문의 목을 가로로 베어왔다.

도중문이 급히 손바닥을 펼쳐 장을 쳐냈다.

떠어엉!

기운과 기운이 부딪히며 파공음과 폭음이 잔뜩 압축되었다 터져 나갔다.

눈 깜짝할 사이에 진운룡의 검이 수백 번의 검격을 날렸다.

떠더더덩!

연달아 이어지는 폭발에 향화루 건물이 진동하다 못해 무너지고 터져 나갔다.

주변 사람들은 이미 모두 도망쳤는지, 인접한 상가와 거리에는 개미 새끼 하나 찾아볼 수 없었다.

격돌의 여파는 주변 건물들도 피해갈 수 없었다.

무려 반경 오십 장에 달하는 범위의 건물들이 폭풍에라도 휩쓸린 듯 박살나 버렸다.

검격과 장력의 격돌이 치열하게 계속되었다.

"크흡!"

반 각 정도 시간이 흘렀을 때, 도중문이 낮은 신음을 토해 냈다.

어느새 그의 손바닥에 벌겋게 줄이 가 있었다.

계속되는 진운룡의 검격에 압축된 강기가 조금씩 뚫리고 있는 것이다.

그 틈을 진운룡은 놓치지 않았다.

순식간에 진운룡의 검이 십여 개로 분열했다.

하나하나가 섬뜩한 붉은 광채를 줄기줄기 뿜어내고 있었다.

핏빛 검영들이 도중문의 전신을 노렸다.

그 어느 것 하나 허초나 허상이 아닌, 모두 실초(實初)요, 진체(眞體)였다.

하나라도 놓치게 되면 도중문은 회복하기 힘든 상처를 얻게 될 것이다.

"후읍!"

잔뜩 호흡을 들이마신 도중문이 급히 도포 소맷자락을 펼쳐내 휘둘렀다.

압축된 강기가 소맷자락에 가득 깃들어 있었다.

삽시간에 펼쳐진 넓은 양 소맷자락이 도중문의 전면(前面)을 가렸다.

펑! 퍼엉!

진운룡의 검영이 둔탁하게 소맷자락을 때렸다.

동시에 도중문이 충격을 모두 이겨내지 못하고 세 걸음이나 뒤로 물러나고 말았다.

두 사람이 격돌한 이후 처음으로 팽팽하던 균형이 깨진 것이다.

도중문이 낭패한 얼굴로 자신의 소맷자락을 살폈다.

어느새 도포에는 대여섯 개의 구멍이 뚫려 있었다.

만일 그가 뒤로 물러서지 않았다면, 그 여파가 몸에까지 미쳤을 것이다.

"이럴 수가……."

도중문이 이를 악물었다.

분하지만 피의 권능을 사용하는 진운룡은 분명 자신보다

강했다.

"후후, 실망이군그래. 조금 더 나를 즐겁게 해줄 줄 알았는데……."

진운룡에게서 느껴지는 혈기가 처음보다 더 진해져 있었다.

도중문의 머릿속에는 경악을 넘어선 의문이 어렸다.

'대체 어떤 제물을 사용하여 혈신대법을 받았기에 저토록 강해질 수 있다는 말인가.'

무려 다섯 번의 혈신대법을 통해 강해진 자신이었다.

그에 들어간 산제물의 숫자만 해도 어마어마했다.

수만이 넘는 아이와 소녀, 게다가 삼천이 넘는 무림 고수들의 정혈을 흡수한 자신인 것이다.

한데 진운룡은 그런 자신을 훌쩍 능가하고 있었다.

'설마 놈이 혈신이 된 것은 아니겠지?'

혈신은 혈신대법 최종 단계에 다다르는 경지다.

혈신이 되면 혈신대법의 부작용인 광기와 석화를 더 이상 겪지 않아도 된다.

자체로 완전체가 되기 때문이다. 인간을 벗어난 불멸, 반신의 존재가 바로 혈신인 것이다.

도중문은 현재 스스로 혈신에 가까워져 있다고 여겼다.

하지만 아무리 최상의 제물을 쓰고, 수많은 피와 정혈을 흡수해도 혈신의 경지에는 도달할 수 없었다.

마치 무언가 벽이 가로막고 있는 듯한 느낌이었다.

'황제를 이용해 제물을 끊임없이 수급했던 나조차도 불가능했거늘!'

진운룡이 혈신의 경지에 도달했다고는 결코 믿을 수 없었다.

"놈! 대체 정체가 무엇이냐!"

"만나는 녀석들마다 모두 똑같은 질문을 하는군."

진운룡이 조금은 권태로운 표정으로 말했다.

"내 정체가 뭐 그리 중요한가? 지금은 네 녀석이 나를 쓰러뜨리느냐, 아니면 내가 네놈을 쓰러뜨리느냐 그것이 가장 중요하지 않은가?"

말을 끝내자마자 진운룡이 몸을 날렸다.

도중문의 명치를 향해 혈검을 쭉 내민 상태였다.

"훙, 쉽게 당하진 않는다!"

도중문도 지지 않고 공력을 잔뜩 끌어올렸다.

도중문이 두 손을 위아래로 뻗으며 둥근 원을 그리자, 주변의 기운들이 손 사이 공간으로 빨려 들어갔다.

그러자 두 손 사이 공간에 핏빛 소용돌이가 형성되었다.

후우우웅!

도중문이 순식간에 커진 소용돌이를 찔러오는 검을 향해

뻗어냈다.

치지지직!

두 기운이 마찰하면서 전진하던 검의 속도가 급격히 느려졌다. 하지만 느려졌을망정 멈춘 것은 아니었다.

검은 여전히 천천히 도중문을 향해 전진하고 있었다.

파파곽!

기운과 기운이 부딪히며 불꽃이 튀었다.

도중문의 얼굴에 불거진 핏줄이 점점 더 선명해졌다.

이를 악문 그의 모습이 지금 그가 얼마나 힘을 짜내고 있는지 잘 보여주고 있었다.

그때, 검을 쥐지 않은 진운룡의 왼손에 주먹만 한 광구가 모습을 드러냈다.

'크윽! 빌어먹을!'

도중문이 속으로 욕을 토해냈다.

그 와중에도 진운룡은 광구를 만들어낼 여유가 있었던 것이다.

이제 도중문의 열세가 확연해졌다.

만일 진운룡이 저 광구를 쏘아 낸다면 도중문은 막아낼 방법이 없다.

목숨이라도 건지려면 최대한 몸을 뒤로 날리는 수밖에 없었다.

물론 그렇게 되면 쏘아지는 진운룡의 검이 도중문을 가만 놔두지 않을 것이다.

하지만 지금으로서는 다른 방법이 전무했다.

전신 공력을 쥐어짠 도중문이 소용돌이를 폭발시켰다.

퍼어엉!

동시에 급히 뒤로 몸을 날렸다.

쉬아악!

"크윽!"

어느새 진운룡이 쏘아낸 광구가 도중문의 왼쪽 어깨를 꿰뚫고 지나갔다.

광구에 살이 녹아내려 핏물조차 나지 않았다.

도중문의 신형이 힘없이 뒤로 날아갔다.

그 뒤를 진운룡의 혈검이 곧바로 쫓아왔다.

도중문이 허공에서 몸을 가누려 했으나, 검의 속도가 너무 빨라 그에게 그럴 틈을 주지 않았다.

도중문의 두 눈에 절망이 일었다.

'이렇게 끝난단 말인가!'

한편으로는 어이가 없고, 또 다른 한편으로는 억울했다.

혈신을 코앞에 두고 이대로 끝난다는 것이 분했다.

하지만 그가 할 수 있는 일은 아무것도 없었다.

결국 진운룡의 검이 그의 명치를 꿰뚫었다.

푸욱!

단전을 노렸으나 그나마 마지막에 도중문이 간신히 천근
추를 시전한 덕에 단전이 아닌 명치에 검이 꽂힌 것이다.

"크악!"

도중문이 비명을 토해내며 피를 뿜었다.

검을 뽑지 않은 채로 진운룡이 입을 열었다.

"몇 가지 질문할 것이 있다. 지금 대답한다면 편안한 죽음
을 맞이하게 해주마. 하지만 버티려 한다면 다른 방법을 쓸
것이다. 물론 그 방법은 확실하게 내가 원하는 답을 얻어낼
수 있지. 단지 네놈은 극심한 고통을 겪게 될 것이고, 나는
번거롭게 될 테지."

진운룡이 번들거리는 눈으로 씨익 웃었다.

도중문 정도의 경지면 제령안이 쉽게 통하지 않는다.

제령안을 쓰려면 도중문을 죽이지 않고 최대한 빈사 상태
로 만들어야 했다.

그러려면 조심해서 손을 써야만 했다.

그것은 무척 번거로운 일이었다.

진운룡의 눈빛을 본 도중문은 상대가 고문에 대해 이야기
하고 있지 않다는 사실을 알았다.

그러기에는 자신이 입을 열 것을 너무 확신하고 있었기 때
문이다.

'크윽…… 섭혼술이라도 쓰려는 것인가…….'

하지만 그렇다고 해서 순순히 진운룡이 원하는 대로 하는 것은 마지막 자존심이 허락하지 않았다.

"능력이 되면 네놈이 스스로 알아내 보거라!"

진운룡이 살짝 눈살을 찌푸리고는 천천히 도중문의 복부에 박힌 검을 빼내었다.

"우선 단전부터……."

단전을 파괴하면 당연히 도중문의 기운은 흩어지게 될 것이다.

물론 도중문 정도의 경지에 달한 자가 단전만을 사용해 진기를 운용하지는 않을 것이나, 그럼에도 불구하고 단전이 차지하는 비중은 무시할 수 없을 것이다.

일단 단전을 파괴한 후에 몇 가지 상처를 더 주고 피를 뽑아내면 도중문이 빈사 상태에 이를 것이고, 그때 제령안을 사용하면 무리 없이 성공할 수 있었다.

진운룡의 검이 조금의 망설임도 없이 도중문의 단전을 향했다.

그때였다.

진운룡이 갑자기 검의 경로를 바꿔 허공을 향해 휘둘렀다.

채애앵!

쇳소리와 함께 암기와 비슷한 무언가가 검에 맞고 튕겨 나갔다.

쉬쉬쉬쉭!

그와 동시에 연달아 똑같은 암기 수십 개가 진운룡을 노리고 날아왔다.

암기가 날아온 곳을 바라보는 진운룡의 두 눈이 깊게 침잠했다.

암기에 실린 경력이 예사롭지 않았기 때문이다.

따다다당!

고작 손가락 한 마디 크기의 암기를 쳐내는데 진운룡이 손목에 충격을 느낄 정도였다.

"누구냐!"

싸움의 여파에 휩쓸리지 않기 위해 뒤로 물러서 있던 적산이 소리쳤다.

하지만 암기가 날아온 허공에는 아무것도 존재하지 않았다.

그때 갑작스럽게 서늘한 기운이 진운룡의 온몸을 덮쳐왔다.

그것은 절대적인 위압감을 가지고 있어 결코 막아내거나 튕겨낼 수 없다고 진운룡의 육감이 강력하게 경고했다.

즉시 진운룡이 뒤로 몸을 훌쩍 날리자 그 기운은 거짓말처럼 사라졌다.

'대체 누가!'

진운룡이 놀란 눈으로 기운이 쏟아진 곳을 찾았다.

순간 진운룡의 눈에 쓰러진 도중문 옆에 한 복면인이 서 있는 것이 잡혔다.

'어느새?'

그야말로 놀라움의 연속이었다.

암기에 실린 경력은 혈마나 도중문을 훌쩍 뛰어넘는 것이었다.

진운룡조차도 감히 경시할 수 없을 정도였다.

게다가 진운룡이 의식하지 못할 정도의 은밀하고 신속한 움직임.

'최소한 나와 동급의 고수!'

강호에 진운룡과 비슷한 경지에 오른 고수가 존재한다는 사실은 정말 믿기 힘든 일이었다.

백삼십여 년 전, 제갈여령이 찾아왔을 당시 진운룡은 이미 깨달음을 얻어 인간의 경지를 벗어나 자신의 스승처럼 등선을 눈앞에 둔 상황이었다.

진운룡은 제갈세가에 대한 스승의 유지를 지켜 속세를 벗어나기 위한 마지막 조각을 완성하리라 마음먹고 혈마를 처단했다.

그러나 마지막 순간 혈마가 펼쳤던 혈신대법의 저주가 그를 덮쳤다.

광기가 진운룡의 부동심을 흔들고, 속세와의 끈은 엉켜버렸다.

그것이 아니었다면 진운룡은 이미 등선을 했어야 하는 상황이었다.

그러니 실질적으로 진운룡은 신선이 되지 못했을 뿐, 이미 신선의 경지에 올라 있다 해도 틀릴 것이 없었다.

한마디로 말해 다른 인간이 진운룡과 비슷한 경지에 이르렀다면 이미 등선을 했어야 하는 것이다.

그러니 이 세상에는 진운룡과 비슷한 수준의 고수가 존재할 수 없었다.

그런데 있을 수 없는 존재가 지금 진운룡의 눈앞에 나타났다.

그 등장 시기 또한 묘했다.

도중문을 구하기 위해 나타났다는 것은 상대도 혈신대법과 관계가 있다는 이야기였다.

게다가 그의 실력을 볼 때 도중문의 배후에 있는 자일 가능성이 높았다.

'혹시 저자도 나처럼, 아니, 일부러 등선을 하지 않고 혈신대법을 받은 것인가?'

진운룡은 그럴 가능성이 높다고 생각했다.

복잡한 마음을 애써 진정시킨 진운룡이 복면인을 바라봤다.

어쨌든 상대는 이제껏 혈신대법과 관계된 자들 중 가장 강하고 높은 경지에 오른 자다.

어쩌면 복면인이 혈신대법의 원흉일 수도 있었다.

그렇다면 오히려 이것은 기회였다.

복면인을 제압할 수 있다면 오랫동안 진운룡을 갉아먹던 광기와 피의 저주를 풀어낼 수 있을 것이다.

"웬 놈이냐!"

적산이 날카로운 눈으로 복면인을 향해 적의를 드러냈다.

막 달려 나가려는 적산을 진운룡이 손을 들어 저지했다.

"네 상대가 아니다."

조금은 불만 어린 얼굴로 적산이 뒤로 물러섰다.

상대의 강함은 적산도 충분히 느끼고 있었으나, 특유의 성질머리 때문에 강한 상대에 대한 호승심을 억누르기가 쉽지 않았다.

"갑자기 끼어들어 미안하구나."

그때 복면인이 입을 열었다.

그의 목소리는 육합전성이나 혜광심어처럼 온 사방에서 들려왔고, 누구라고 특정할 수 없는, 목소리라기보다는 울림의 느낌이 강한 소리였다.

하지만 모순되게도 그 말투만은 마치 손자를 대하는 조부 (祖父)처럼 부드럽고 다정했다.

"그, 그대는 누구인가?"

쓰러져 있던 도중문이 의문이 가득한 얼굴로 물었다.

진운룡의 눈에 이채가 일었다.

'도중문이 복면인을 알지 못한다? 놈이 배후일 것이라 여 겼는데, 그게 아니란 말인가?'

갈수록 상대의 정체가 무엇인지 혼란스러웠다.

복면인은 자기가 지금 싸움터 한가운데 난입했다는 사실 을 잊은 것인지, 진운룡과 적산을 전혀 신경 쓰지 않는 듯 여 유로운 모습으로 도중문의 혼혈을 집었다.

"허……."

적산이 어이없는 듯 헛바람을 켰다.

그러한 적산의 반응을 무시한 채 복면인이 다시 입을 열었 다.

"궁금한 것이 많을 테지, 하지만 아직은 때가 아니구나."

진운룡을 바라보던 복면인의 시선이 도중문에게로 향했 다.

쯧쯧 혀를 차는 소리가 들렸다.

"이 아이는 내가 데려가도록 하마. 네가 원하는 답은 두 달 뒤면 모두 알게 될 것이다."

어느새 도중문을 어깨에 걸친 복면인이 갑작스럽게 진운룡을 향해 암기를 던졌다.

따다다당!

진운룡이 암기를 막아내는 순간, 복면인이 그대로 신법을 펼쳐 몸을 날렸다.

"어딜!"

진운룡이 대각으로 검을 쳐내자 빛줄기가 복면인이 날아오른 공간을 사선으로 갈랐다.

복면인의 신형이 양단되었다 싶은 순간 흐릿하게 사라졌다.

"분신술?"

진운룡이 두 눈을 부릅떴다.

흩어진 복면인의 신형으로부터 복면인과 같은 모습의 형체들이 사방으로 흩어지고 있었다. 한데 그 모두가 환영이 아닌 실체였다.

밀교나 도가에서 전설로 전해지는 술법인 분신술이었다.

고래로부터 수천 년을 이어온 밀종과 노자 이전부터 속세와 연을 끊고 오로지 신선의 도를 추구해온 선문(仙門)이라는 곳에 그와 같은 술법들이 존재한다고 스승에게 들은 적이 있었다.

복면인이 그 술법을 사용한 것이다.

동시에 여덟 명의 복면인이 사방으로 흩어졌다.

진운룡이 여덟 복면인을 모두 잡을 수는 없었다.

'도중문!'

복면인은 여덟 분신으로 나눌 수 있을지 모르나, 도중문까지 모두 실체일 수는 없었다.

진운룡은 즉시 도중문의 기운을 찾았다.

북서쪽으로 몸을 날리는 복면인에게서 도중문의 기운이 느껴졌다.

진운룡의 신형이 북서쪽을 향해 화살처럼 쏘아졌다.

하지만 복면인의 신법은 진운룡이 따라잡을 수 없을 만큼 빨랐다.

잠깐 멈칫했던 그 순간, 이미 복면인은 진운룡의 감각 범위 바깥으로 멀어져 있었다.

신형을 멈춘 진운룡이 허탈한 얼굴로 복면인이 사라진 허공을 응시했다.

결국 복면인에게는 손도 대보지 못하고 도중문까지 놓쳤다.

강호에 나선 이후로 처음 겪는 완벽한 실패였다.

마치 귀신에라도 홀린 듯한 느낌이었다.

"그런 자가 존재하다니……."

멍한 얼굴로 진운룡이 되뇌었다.

결코 진운룡에게서 볼 수 있을 것이라 예상 못한 표정이었다.

그만큼 복면인에게서 받은 충격이 컸고, 오늘 일에 대한 혼란이 그의 머릿속을 뒤집어놓고 있었다.

하지만 기대도 존재했다.

그 정도의 능력이 있는 자라면, 이 모든 일의 진정한 원흉일 가능성이 높았다.

그렇다면 피의 저주를 풀 방법을 알고 있을 것이다.

아니, 반드시 그래야 했다.

복면인만이 이 지긋지긋하고 진창 같은 저주를 풀어낼 마지막 기회였기 때문이다.

잠시 허공을 뚫어져라 응시하던 진운룡이 몸을 날려 사라졌다.

4장
새로운 적

망우의 죽음, 무림맹의 해체, 황제의 칙령.

연속적인 충격으로 강호는 혼돈에 빠졌다.

동창에 의해 마제 하우광이 죽고 마교가 멸망했을 당시에
도 무림인들의 충격은 컸으나, 망우의 죽음에 비할 바는 아
니었다.

망우는 무림에서 전설적인 존재였다.

이미 인간의 경지를 넘어섰고 세수만 해도 백이십이 넘은,
고금을 통틀어 손가락에 꼽힐 고수였다.

무공뿐만 아니라 승려로서도 이미 고승의 반열에 든 강호
무인들의 정신적 지주이기도 했다.

그런 망우가 황사 도중문에게 목숨을 잃었다는 사실을 듣고, 무림인들은 처음에는 누구도 믿으려 하지 않았다.

하지만 그것이 사실임을 알게 된 후에는 모든 무림인들이 혼란과 공포에 빠졌다.

이제는 황제가 무림을 지우려 한다는 것을 인정할 수밖에 없는 상황이었다.

무림맹마저 해체되었으니 이제 그 칼끝이 중원 곳곳에 퍼져 있는 무림 문파와 세가로 향할 것이 자명했다.

이제 그들은 칙령에 따라 봉문을 하고 모든 제자들을 해산시킬 것인지, 아니면 동창의 칼날을 피해 숨을 것인지, 그것도 아니면 역도로 몰릴 것을 각오하고 마지막까지 항전할 것인지 선택을 해야 했다.

그때, 하나의 소식이 강호에 퍼졌다.

도중문이 갑자기 종적을 감췄다는 것이다.

그리고 조금 더 시간이 지나자, 도중문이 종적을 감춘 이유는 진운룡이 도중문과 동창 무사들이 머물던 향화루를 덮쳤고, 진운룡에게 동창 무사들이 도륙을 당했으며, 도중문 또한 중상을 입고 도망쳤기 때문이라는 이야기가 돌았다.

실의와 절망에 빠져 있던 무림인들에게는 그야말로 어둠 속 한 줄기 빛과 같은 소식이었다.

그들이 그동안 진운룡을 어떻게 생각했고, 진운룡의 진정한 정체가 무엇인지는 중요하지 않았다.

동창에 의해 속절없이 무너지던 무림이 최초로 반격을 한 사건이었고, 그것도 적의 수장이 꼬리를 말고 달아나게 만들 정도로 압도적인 승리였다.

그 결과를 만들어 낸 것이 단체나 세력이 아닌 한 사람의 무인이라는 사실이 더욱 놀랍고, 무인들의 긍지를 북돋고 있었다.

강호인들 사이에서 진운룡은 순식간에 영웅으로 떠올랐다.

그가 개방을 풍비박산내고 남궁진천과 무림맹마저 한차례 뒤흔들었던 사실도 이제 '그럴 만한 이유가 있었다.', '혈교와 관련이 있어 징치를 한 것이다.' 라며, 진운룡이야말로 그간 사마의 무리들과 앞장서서 싸웠던 영웅이었다고 이야기하기 시작했다.

사천 당문이나 개방 등, 진운룡에게 피해를 입은 몇몇 문파 사람들이 진운룡은 또 다른 악마라는 등, 진운룡 역시 피를 빨아먹는 괴물이니 속지 말아야 한다는 등, 흠집을 내기 위해 애썼으나, 누구도 그것에 귀 기울이지 않았다.

바닥까지 내려간 무림에 있어 지금 유일한 희망이 바로 진운룡이었기 때문이다.

그 때문인지 진운룡과 그다지 관계가 좋지 않던 몇몇 문파들은 오히려 그의 미화에 더욱 앞장섰다.

그들은 진운룡의 이름을 앞세워 무림인들을 끌어들이고 조정에 맞서야 한다고 부추겼다.

그들에겐 벼랑 끝에 선 무림과 문파를 살리기 위한 어쩔 수 없는 선택이기도 했다.

어찌 되었든 진운룡은 현재 정파나 사파, 모든 무림인들에게 희망이 되고 있었다.

*   *   *

북경 자금성 황제의 침소.

금의위 도독 황립을 앞에 둔 가정제가 안절부절못하며 좌우로 왔다, 갔다 하고 있었다.

황립은 조용히 고개를 조아리며 황제의 말이 떨어지길 기다렸다.

"화, 황사가 실종되었다고?"

불안한 표정으로 가정제가 물었다.

"그렇사옵니다. 폐하."

가정제가 손톱을 깨물며 눈동자를 굴렸다.

"그, 그 무림 놈들의 짓이냐?"

황립의 미간에 주름이 어렸다. 황제의 목소리에는 두려움이 묻어나고 있었다.

그도 그럴 것이, 황제는 황사 도중문을 현세에 내려온 신선이라 믿고 있었다.

그간 도중문은 황제에게 신비로운 도술과 현묘한 신단(神丹)으로 새로운 세상을 보여줬기 때문이다.

본래 도술과 양생에 관심이 많던 가정제였기에, 황사 도중문의 등장 이후로 정사는 팽개치고 선도에 열중하기 시작했다.

도중문은 그런 황제에게 혈신대법을 이용한 단약들과 양생술을 제공해 확실한 환심을 얻었다.

그가 제공한 단약과 양생술은 제법 효과가 있어, 혈신대법의 실체를 모르는 황제는 그것이 도중문의 도력이 높기 때문이라 여겼다.

그러나 도중문이 제공한 단약은 강한 중독성을 가지고 있고, 계속 복용하지 않으면 효과가 사라지고 오히려 기력이 빠져나가는 악독한 독약이었다.

중독이 된 황제는 끊임없이 단약을 찾았고, 당연히 황제의 도중문에 대한 의존이 높아질 수밖에 없었다.

종국에는 조정의 대소사까지 도중문이 자기 마음대로 휘두를 수 있게 되고, 단약이 효과를 봤다 믿은 황제는 도중문이 살아 있는 신선이라 추앙하게 되었다.

이번 무림 토벌 계획 역시 도중문의 의도에 따른 것이었다.

한데 살아 있는 신선 도중문이 무림의 무인에게 중상을 당하고 종적이 묘연해진 것이다.

도중문만 믿고 있던 가정제에게는 청천벽력 같은 소식이었다.

사실 그간 황실이 무림과 무인들을 존중해서 그들을 가만히 보고만 있었던 것이 아니다.

무인들과 그들이 이룬 문파는 항상 황실과 조정의 골칫거리였다.

그들은 황제와 조정을 우습게 알고 황명과 나라의 법을 개의치 않고 멋대로 행동했다.

하지만 그렇게 눈엣가시와 같은 존재임에도 손을 대지 못했던 이유는 단 하나, 바로 무인들과 그 세력이 가진 강력한 무력 때문이었다.

그중에서도 고수들.

하늘을 날고, 장풍을 뿌려 대는 천외천의 존재들을 상대로 군대가 할 수 있는 일은 많지 않았다.

세력 대 세력의 대결이라면 황군이나 관군을 동원해서 제압할 수 있었으나, 인간의 틀을 벗어난 초인들은 그것이 불가능했다.

아무리 수만의 관군을 동원해 그들을 잡으려 한다 해도, 그들이 마음먹고 숨거나 달아나면 잡을 방법이 없었다.

더군다나 혹여 그런 자들이 악심(惡心)을 품고 황제나 조정의 대신들에게 위해를 가하려 한다면 그것을 막을 수 있다는 보장이 없었다.

검을 들고 몰래 잠입해 황제나 조정 신료들의 목숨을 노린다면 어찌 그들을 잡아낼 수 있을 것인가.

반면 가만 놔두면 이권과 명예를 걸고 저희들끼리 수시로 죽고 죽이니, 굳이 긁어 부스럼을 만드느니 그냥 놔두고 놈들 스스로 자멸하도록 놔두는 편이 나은 것이다.

해서 울며 겨자 먹기로 무림과 관은 불가침의 관계를 맺은 것이다.

그러나 가정제는 도중문을 믿고 그 관례를 깼다.

가정제는 도중문이 황실 뒷산에 있던 커다란 바위를 한 번의 주먹질로 가루로 만들어 버리는 것을 직접 목격했다.

그는 도중문이라면 무림의 고수라 해도 결코 상대가 되지 않을 것이라 믿었다.

그리고 그의 믿음대로 도중문은 그 무시무시한 마교의 교주를 죽이고 마교를 무너뜨렸을 뿐 아니라, 며칠 전에는 무림 신승이라 불리는 망우를 죽이고 무림맹마저 해체시키며 파죽지세로 무림을 토벌했다.

물론 망우와의 대결 중 도중문이 부상을 입었다는 이야기에 잠깐 걱정을 하기는 했으나, 비교적 가벼운 부상이며 무한에서 하루 정도 정양을 하면 본래의 모습을 되찾을 것이고 즉시 나머지 무림도당들을 토벌할 것이라는 보고를 바로 하루 전에 들었던 터였다.

한데 갑작스럽게 도중문이 실종되었고, 무한에 머물던 동창의 무사들이 전멸했다는 소식을 들은 것이다.

그것도 단 두 사람의 무인에 의해.

이렇게 되니 그간 황실에서 느꼈던 무림인에 대한 두려움이 다시 슬그머니 고개를 들기 시작했다.

"노, 놈의 정체가 무엇이라 하더냐?"

"진운룡이라는 자입니다. 그리 많이 알려진 자는 아니옵고, 최근 떠오르는 신진 고수로 강호에 떠도는 소문들에 의하면 이제 갓 약관을 넘은 젊은 자라 하옵니다."

황립이 조심스럽게 답했다.

"뭐라? 겨, 겨우 약관을 넘었다고?"

놀란 눈으로 가정제가 되물었다.

겨우 약관의 무인이 황사를 제압했다니, 게다가 이름이 크게 알려진 자도 아니었다.

'무림에는 기인이사가 헤아릴 수 없이 많다더니…….'

무림에 그런 고수들이 얼마나 많이 숨어 있을까 생각하니 가정제의 간담이 서늘해졌다.

도중문도 없는 상태에서 마인들이나 정파의 고수들이 황제에게 복수하겠다 찾아온다면 어떻게 한단 말인가.

"이를 어쩐단 말이냐! 황사도 없는데, 그 불학무식한 무림인 놈들이 황궁으로 쳐들어오기라도 하면 어쩌지?"

가정제가 불안감을 감추지 못한 채 흥분한 얼굴로 말했다.

"걱정 마시옵소서. 황사께서 비록 악적에게 불의의 일격을 당하셨으나, 곧 본래의 모습을 회복하고 돌아오실 것입니다. 그리고 황사께서 계시진 않으나, 저희 금의위와 동창에는 아직 황사께서 직접 키우신 수많은 고수들이 남아 있사옵니다. 소신들이 목숨을 걸고 황제 폐하를 지킬 것입니다."

황립의 호언장담에도 가정제는 마음을 놓을 수 없었다.

상대는 동창 무사들을 너무도 쉽게 도륙하고 도중문마저 패주시킨 존재였다.

그런 자를 과연 황궁에 남은 금의위와 동창 무사들이 막아낼 수 있을까.

다시 좌우로 왔다, 갔다 하며 고민에 빠져있던 가정제가 갑자기 무언가 생각난 듯, 동작을 멈췄다.

그의 얼굴에는 다급함이 묻어났다.

"아무래도 무림인들과 대화를 해야겠다! 전서를 날리든 파발을 띄우든 육환에게 연락해 직접 나서라 일러라!"

"폐, 폐하!"

황립이 놀라 소리쳤다.

"무림의 대표라 할 수 있는 자들을 만나서 황제가 마음을 바꿨다 해라! 짐이 본심이 아니었고, 그저 무인들에게 경종을 울리기 위한 무력시위를 한 것뿐이라고, 다, 다시 불가침의 관계로 돌아가자 일러라! 아, 아니! 내가 잘못했다 해라! 다시는 무림을 건들지 않겠다 하란 말이다!"

신단의 중독이 깊어졌기 때문인지 이미 이지가 많이 흐트러진 가정제였다.

그런 상태에서 두려움이 몰려오자 그는 스스로 무슨 말을 토해내는지조차 알지 못한 채 앞뒤가 맞지 않는 이야기를 쏟아냈다.

"폐하 고정하소서! 고작 한 사람이 벌인 일이옵니다. 그자가 아무리 대단하다 한들, 감히 황상께 위해를 가할 마음을 먹겠사옵니까? 혹여 그자가 그런 마음을 품는다 해도 황사께서 키워내신 천혈단 이백 무사가 막아낼 것이옵니다!"

"흥! 그 대단하던 황사가 놈에게 당하지 않았더냐! 한데 고작 기껏 동창의 무사 나부랭이들이 그자를 막아낼 수 있다고? 네놈은 감히 그런 허황된 말을 나보고 믿으라는 것이냐!"

"폐, 폐하!"

가정제가 핏대를 세우며 소리치자 황립은 머리를 땅에 박고 별다른 대꾸를 못하고 폐하만 연발했다.

"네놈이 정녕 내 명을 어기려는 것이냐?

황립이 착잡한 표정으로 이를 악물었다.

어찌 됐든 황제의 명을 어길 수는 없었다.

그리고 그 역시 도중문의 생사를 확신할 수 없는 상황이었다.

"소신, 폐하의 뜻을 따르겠사옵니다."

"그래, 그래! 거기, 가만히 있지 말고 어서 움직여라! 짐의 목숨이 그대들의 손에 달렸음이니라!"

황제가 희색을 하며 말했다.

"황은이 망극하옵니다!"

황립은 답답한 가슴을 안고 황상의 침소를 빠져나갔다.

진운룡의 의도와는 관계없이 무림과 황실의 관계는 진운룡으로 인하여 새로운 전환을 맞이하게 되었다.

*　　　　　*　　　　　*

"크크크크! 진운룡이라!"

호북 형문산 깊은 곳, 어두운 동굴 한가운데 산발을 한 채 가부좌를 틀고 있던 괴인이 쇠가 갈리는 듯한 목소리를 토해냈다.

그의 주변에는 혈향이 가득했다.

뿐만 아니라 인간의 심장으로 보이는 물체 수백 개가 널브러져 있었다.

두 눈에서 번뜩이는 혈광을 뿜어내고 있는 그는, 바로 무당산에서 실종된 남궁진천이었다.

"크크크킄! 역시 이 몸을 얻길 잘했구나! 그 거지새끼와는 천양지차야!"

남궁진천─혈마가 자신의 몸을 훑어보며 만족스러운 웃음을 흘렸다.

개방 방주 구천엽의 육신은 혈마의 혼을 담기에는 틀 자체가 너무 약했다.

반면 남궁진천은 현 강호에서도 수위를 다툴만한 경지에 오른 인물답게 육체의 그릇이 무척 컸다.

혈마가 약간의 위험을 감수하면서까지 무당산을 찾아간 보람이 있는 것이다.

"큭큭큭! 드디어……."

남궁진천의 모습을 한 혈마가 자신의 몸 안에 흐르는 기운을 느끼며 눈을 빛냈다.

백삼십여 년 전 자신이 죽기 전 가졌던 힘을 모두 회복했을 뿐 아니라, 이번 대법을 통해 혈신에 거의 다가갔기 때문이다.

단 하나 아쉬운 점은 백삼십 년 전 그 당시처럼 혈신이 될 수 있는 최후의 대법을 펼치지는 못했다는 것이다.

당시에는 혈마가 중원을 지배하고 있는 상황이었고, 그가 무슨 일을 하던 막을 자가 없었기에 충분한 제물과 시간을 투자해 대법을 시행할 수 있었다.

하지만 지금은 그럴 여유가 없었다.

무분별하게 제물을 모으다 보면 당장에 진운룡에게 꼬리가 잡힐 것이 분명했고, 시간 역시 혈마의 편은 아니었다.

언제 진운룡이 그의 종적을 잡아낼지 알 수 없었기 때문이다.

그래서 어쩔 수 없이 조심스럽게 제물을 모으다 보니 대법의 크기도 본래 원했던 것에서 부족할 수밖에 없었다.

그럼에도 불구하고 결국 대법을 완성할 수 있었고, 힘을 손에 넣었다.

"다 된 밥에 재를 뿌렸던 진운룡 그놈을 먼저 없애고, 이 세상을 지우겠노라!"

혈마가 생각하기에 인간은 신의 실패작이었다.

불완전할 뿐만 아니라 너무 약하고, 어리석고, 보잘것없는 존재였다.

불완전한 존재를 지우고 새로운 세상을 여는 것!

그것이 혈마가 목표하는 것이었다.

불로불사의, 불멸의 존재들이 세우는 새로운 세상을 만드는 것이다.

"우선 남궁세가로 움직여야겠군!"

한차례 광소를 터뜨린 후, 혈마의 신형이 어둠을 뚫고 동굴 밖으로 사라졌다.

          *   *   *

"으음……."

오른팔을 들어 올린 소은설이 나직한 신음을 흘렸다.

"몇 번을 해도 이 느낌은 적응이 되지 않네요."

"예전에도 그대의 피를 나에게 줬었지."

진운룡이 아련한 눈으로 소은설을 바라봤다.

"그런데 광기를 없애는 효과가 있다는 것은 놀랍군요. 예전에는 그런 것이 전혀 없었는데……."

소은설이 호기심 어린 얼굴로 자신의 손목을 바라봤다.

그곳에는 약간의 핏자국이 남아 있었다.

"대체 어떻게 된 일일까요? 흐릿한 기억 속에서 봤던 석실의 그자가 무언가를 한 걸까요?"

제갈여령의 혼을 다시 세상으로 불러온 자.

그자는 분명 제갈여령이 무언가의 중요한 열쇠라고 했다.

그렇다면 소은설의 피가 마성과 광기를 잠재우는 효과가 있는 것도 그자와 연관이 있을 가능성이 높았다.

"그러고 보니……."

진운룡이 무언가 생각하는 듯 눈을 가늘게 떴다.

복면인이 떠오른 것이다.

그가 분신술을 사용한 것을 볼 때, 그자는 무공뿐 아니라 술법에도 능한 자임이 틀림없었다.

"공자님이 만났다는 그 복면인을 의심하시는 건가요?"

소은설이 진운룡의 생각을 눈치 채고 물었다.

"그렇소. 아무래도 그자가 의심스럽소……. 아마도 혈신대법 역시 그자가 원흉일 가능성이 크오. 혈신대법과 분신술을 쓸 정도로 술법에 능한 자라면, 그대를 세상에 다시 불러왔다 해도 이상할 것이 없지."

"갑자기 모습을 드러낸 이유가 뭘까요? 게다가 두 달 후에 모든 것을 알게 될 것이라니……."

소은설이 미간을 찌푸렸다.

복면인의 말을 종합해 볼수록 그자가 모든 일의 원흉임이 거의 확실했다.

도중문이 그자를 전혀 모르는 눈치였다는 것이 조금 걸리기는 했으나, 어찌됐든 도중문을 구했다는 것은 두 사람 사이에 무언가 연계점이 있다는 이야기였다.

도중문과 관계가 없다 하더라도 최소한 혈신대법과 관련되어 있다는 사실은 의심의 여지가 없다.

그러니 진운룡의 의문에 대해 두 달 후에 모두 답해주겠다 자신했을 것이다.

한데 굳이 두 달이라는 기간을 둔 이유는 무엇일까.

그간 무슨 일을 꾸미려는 것일 수도, 아니면 함정을 파고 기다리려는 것일 수도 있었다.

한 가지 의문점은 복면인이 진운룡을 적대시하지 않았다는 것이다.

물론 암기를 날리기는 했으나, 그것은 도중문을 구해내기 위한 수였을 뿐이다.

전체적인 행동과 느낌이 진운룡을 적대하기 보다는 오히려 친근하게 대하는 모습이었다.

"하오문에 의뢰를 할 수도 없고……."

진운룡이 눈살을 찌푸렸다.

진운룡조차 따라잡지 못한 자다. 그가 종적을 숨기려 마음먹었다면 하오문이라 해도 찾지 못할 것이다.

"일단 동창을 주시하면서 두 달 동안 기다리는 수밖에 없나요?"

만일 그자가 도중문과 연계된 자라면 동창과 연락을 할 가능성도 있었다.

그때 꼬리를 잡는다면, 복면인의 정체를 쫓을 수 있을 것이다.

하지만 그것은 결코 쉬운 일이 아니었다.

황제의 직속 기관을 함부로 염탐할 수도 없을뿐더러, 만일 감시를 한다고 해도 동창 전체를 감시할 수는 없었기 때문이다.

"아무래도 동창 제독 육환을 만나봐야겠소."

잠시 생각하던 진운룡이 말했다.

"그자가 알고 있는 게 있을까요?"

"제령안을 써서 그자의 머릿속을 들여다보면 복면인과의 관계를 알 수 있을 거요."

동창에서 복면인의 정체를 파악하고 있는지, 아니면 동창조차 모르는 존재인지 확인할 수 있을 것이다.

소은설을 고개를 끄덕였다.

지금으로서는 그것이 최선의 방법이었다.

황궁도 제집처럼 드나들 수 있는 진운룡이라면 육환을 은밀히 제압하는 것은 그야말로 식은 죽 먹기일 터.

"일단 하오문에 육환의 소재를 알아봐야겠소."

"직접 가실 필요 없이 구학에게 부탁하면 될 듯해요."

고개를 끄덕인 진운룡이 구학을 불러 하오문에 보냈다.

안휘 남궁세가.

남궁진천이 망우에 의해 추포되고, 개방 방주 구천엽을 죽이고 탈출했다는 혐의까지 받으며 남궁세가는 크게 위축될 수밖에 없었다.

엎친 데 덮친 격으로 무림에 내려진 황제의 칙령까지 그들을 압박했다.

남궁진천으로 인해 무림의 공분을 사고 있는데, 조정의 봉문 요구까지 있다 보니 그들로서는 세가의 존폐를 걱정해야 할 처지였다.

얼마 전 확실한 진위는 알 수 없으나 진운룡이 도중문을 물리쳤다는 소문이 돌아 조정의 압박이 멈춘 상태인 것이 그나마 다행이긴 했다.

하지만 남궁세가는 진운룡과도 사이가 좋지 않았다.

그렇기에 무언가 사정이 나아질 것이라 기대하기는 어려웠다.

오히려 도중문마저 물리친 진운룡이 남궁세가에게로 화살을 돌릴까 걱정을 해야 할 판이었다.

이런 이유들로 인해 세가의 분위기는 고요하고 무겁게 가라 앉아 있었다.

되도록 출입을 자제하고 있는데다가 찾아오는 손님조차 없어 안휘를 호령하던 남궁세가의 활기차던 모습은 조금도 찾아볼 수 없었다.

삼경이 넘은 야심한 시각.

정문을 지키는 위사마저 없애고 굳게 문을 걸어 잠근 남궁세가의 담장을 한 인영이 유령처럼 타고 넘었다.

인형은 고요한 세가의 건물들을 바람처럼 타고 넘으며 가주전으로 향했다.

현재 남궁세가의 가주는 남궁진천의 첫째 아들 남궁명이었다.

아직 침소에 들지 않았는지, 가주전은 불이 환하게 켜져 있었다.

인영은 열린 창문으로 조심스럽게 가주전 안쪽을 살폈다.

열 평 정도 크기의 가주전은 고풍스러운 가구와 도자기, 병풍이 사방을 채우고 있었다.

그 한쪽에 자단목으로 된 고급스러운 책상에 남궁명이 앉아 있었다.

그의 앞에는 업무에 관련된 종이 두루마리들이 수북이 쌓여 있는데, 남궁명은 두루마리에는 신경을 쓰지 않고 멍하니 허공만 응시하고 있었다.

"휴……."

한동안 멍하니 허공을 응시하던 남궁명이 근심 어린 얼굴로 한숨을 쏟아냈다.

"남궁세가가 어쩌다 이리되었단 말인가……."

그가 탄식을 쏟아냈을 때였다.

"아직 끝난 것이 아니다!"

갑작스럽게 들려온 목소리에 남궁명이 급히 공력을 끌어올렸다.

아무리 남궁세가의 성세가 예전만 못하다지만, 어찌 세가 가장 깊은 곳인 가주전에 침입자가 아무런 제지도 받지 않고 들어올 수 있단 말인가. 더군다나 남궁명조차 침입자의 기색을 전혀 눈치채지 못했다.

그것은 곧 침입자가 그의 수준을 월등히 뛰어넘는 초극의 고수라는 말.

"누구냐!"

"나다! 명아!"

침입자의 정체를 확인한 남궁명이 두 눈을 부릅떴다.

그의 앞에 서 있는 사람은 지금의 사태를 만든 자신의 아버지 남궁진천이었던 것이다.

"아, 아버지!"

남궁명이 흔들리는 눈동자로 남궁진천을 바라봤다.

그의 두 눈에 원망과 반가움이 교차했다.

비록 세가가 여기까지 내려앉게 된 원인을 제공한 남궁진천이었으나, 남궁세가를 최고의 위치에 끌어올린 사람 역시 그였다.

또한, 지금 같은 위기 상황에서 남궁세가의 식솔들이 가장 믿고 의지할 수 있는 사람 역시 남궁진천이었다.

"대체 어떻게 되신 겁니까?"

남궁명의 목소리는 나직하면서도 조심스러웠다.

아무리 세가 안이라지만 혹여 남궁진천이 이곳에 있다는 사실이 새어나가기라도 한다면, 그때는 정말 무림의 공적이 될 가능성도 있었기 때문이다.

"그간 고생이 많았겠구나……."

남궁진천의 말에 남궁명의 눈시울이 붉어졌다.

나이 오십이 넘은 그였지만, 남궁진천 앞에서는 아직도 치기 어린 청년이 되는 듯했다.

남궁진천이 곁에 있다는 사실만으로도 안도가 되었고, 그간 어깨 위를 누르던 무거운 짐들이 사라지는 것 같았다.

"저, 정말 아버지께서 구천엽을 죽이신 것입니까? 그리고 혈교와 관계가 있다는 것이 사실입니까?"

잠시 재회의 기쁨을 나누던 남궁명이 걱정스러운 표정으로 물었다.

남궁진천의 입가에 부드러운 미소가 걸렸다.

"명아, 너는 이 아비를 믿느냐?"

"물론입니다!"

남궁명이 정색을 했다.

세상이 뭐래도 남궁세가서는 남궁진천이 신과 같은 존재였다.

그를 믿지 못하면 누구를 믿겠는가.

잠시 남궁명을 지긋이 바라보던 남궁진천이 천천히 입을 열었다.

"이번에 이 아비가 전정한 힘을 얻었느니라."

남궁명의 가슴이 덜컥 내려앉았다.

남궁진천은 자신의 질문을 부정하지 않았다.

게다가 진정한 힘을 얻었다는 말이 왠지 불안했다.

"서, 설마 아버지께서 진정 혈교와⋯⋯."

"아니, 혈교 따위와는 상관이 없다!"

남궁진천의 입가에 미소가 짙어졌다.

"혈교 나부랭이들은 그저 이 힘을 제대로 쓰지 못했던 어리석은 버러지들일 뿐이다."

안도의 한숨을 쉬던 남궁명의 얼굴이 다시 딱딱하게 굳

었다.

"대체 무슨 말씀이신지……."

"내가 얻은 힘은 세상을 새롭게 바꿀 힘이다."

남궁진천의 두 눈이 빛을 발했다.

하지만 남궁명의 마음은 더욱 불안해졌다.

'세상을 새롭게 바꿀 힘이라니…….'

자칫 지금의 명나라를 지우고 새로운 나라를 세우겠다는 소리로 들릴 수도 있는 위험한 이야기였다.

'대체 아버님은 무슨 생각을 하시는 것인가?'

"후후후, 그리 불안해하지 말거라. 우리 세가가 이 힘을 얻게 되면 그 누구도 건드릴 수 없을 것이다!"

남궁진천의 두 눈에 혈광이 어렸다.

서늘한 기운이 가주전을 가득 채웠다.

"서, 설마 그 힘이라는 것이 흡혈마공을 말씀하시는 것은 아니겠지요?"

남궁명의 표정이 얼어붙었다.

남궁진천에게 느껴지는 기운이 사이했기 때문이다.

"쯧쯧, 흡혈마공이라는 것은 어리석은 정파 인사들이 만들어 낸 정체불명의 술법이다. 내가 얻은 힘은 혈신대법이라는 것이다. 이 대법은 불완전한 인간을 신으로 만들어 주는 그야말로 놀라운 신술(神術)이니라."

남궁명의 얼굴이 심각하게 굳어졌다.

혈신대법이란 이름만 들어도 그것이 결코 정도의 것이 아니란 것을 알 수 있었다.

아들 남궁린이 혈교와 연계되어 가문에 심대한 타격을 입힌 것도 모자라 이젠 아버지인 남궁진천마저 마공에 손을 대다니, 남궁명은 도무지 지금 이 상황을 믿을 수 없었다.

자신의 눈앞에 있는 이가 진정 아버지 남궁진천이 맞는지 의심이 될 정도였다.

남궁진천이 비록 성정이 패도적이고 야망이 큰 이였으나, 사마(邪魔)의 무리를 척결하는 데는 항상 먼저 앞장서고, 결코 용서가 없던 인물이었다.

한데 그랬던 남궁진천이 갑자기 마공에 손을 대다니, 이해할 수 없는 일이었다.

"아버지, 린이가 마공에 손을 댄 일로 가문이 강호의 큰 지탄을 받지 않았습니까? 한데, 어찌 또 세가에 마공을 끌어들인단 말씀이십니까?"

"쯧쯧."

남궁진천이 다시 한 번 혀를 찼다.

"어리석은 녀석. 무엇이 마공이란 말이냐? 혈신대법이야말로 천하의 신공이니라. 아니, 마공이라 한들 어떻단 말이냐? 지금 세가의 상황이 찬밥 더운밥 가릴 때더냐? 어차피 남궁세가는 더 내려갈 곳이 없지 않더냐? 무인들은 손가락질하고, 황실은 봉문하라 압박하지. 게다가 진운룡이라는 강적이 언제 세가를 노릴지 모르는 상황이다. 이것저것 따지다가는 세가는 풍비박산이 나서 가솔들은 모두 죽거나 뿔뿔이 흩어지고 말 것이다!"

남궁진천의 목소리가 점점 높아졌다.

"한데, 네놈은 겨우 마공이네, 정도네 들먹여 가며 손에 들어온 강력한 힘을 내팽개치려는 것이냐? 그러고도 네놈이 세가의 가주라 할 수 있느냐!"

남궁명은 갈등에 빠졌다.

남궁진천의 말을 따를 것인가 말 것인가의 갈등이 아니었다.

아무리 남궁세가가 더는 떨어질 곳이 없을 만큼 추락했다 하나, 세가를 처음 세운 이후로 대대로 협의를 추구해온 정도의 대표 가문이었다.

결코 사마와 타협할 수는 없는 것이다.

대체 왜 자신의 아버지가 이렇게 변했고, 세가가 여기까지 내려앉게 되었는지 답답하고 참담했다.

이제 남궁진천과 세가를 어떻게 처리해야 한단 말인가.

남궁진천의 입가에 조소가 일었다.

남궁명의 표정에서 자신의 말에 대한 반발을 읽을 수 있었다.

"고집스러운 놈."

남궁진천의 목소리에 서늘한 살기가 어렸다.

"아, 아버지……."

남궁명이 놀란 눈으로 남궁진천을 바라봤다.

어느새 남궁진천의 오른손이 남궁명의 왼쪽 가슴을 꿰뚫고 있었다.

"그냥 내 말에 따랐으면 좀 더 쉬웠을 것을, 일을 복잡하게 만드는구나."

씨익 웃는 남궁진천의 두 눈에서 혈광이 가득 뿜어져 나왔다.

"어, 어찌……."

믿을 수 없다는 눈으로 남궁명이 자신의 가슴을 뚫고 들어온 아버지의 손을 바라봤다.

"세가는 내가 반드시 다시 일으켜 줄 터이니 걱정 말고 편히 가거라. 아, 아닌가? 네 녀석이 일으켜야겠지."

"커헉!"

남궁진천이 오른손에 힘을 주자 남궁명이 눈을 뒤집으며 고개를 떨구었다.

남궁진천이 그대로 심장을 으깨 버린 것이다.

남궁진천이 손을 빼내자 남궁명의 육신이 그대로 바닥으

로 허물어졌다.

"결국 피의 권능을 사용해야 하다니……."

귀찮음이 가득한 표정으로 남궁명의 시신을 내려다보던 남궁진천이 갑자기 왼손 검지를 들어 자신의 오른쪽 손목을 슬쩍 그었다.

갑작스런 자해에 손목에 붉은 혈선이 그어졌다.

남궁진천은 아무렇지도 않은 듯, 피가 흘러나오는 손목을 들어 남궁명의 구멍 난 가슴으로 가져갔다.

남궁진천의 손목에서 흘러내린 피가 남궁명의 가슴으로 떨어져 내렸다.

핏물이 남궁명의 심장으로 천천히 스며들자 놀라운 일이 벌어졌다.

엉망으로 터져 버린 심장에 새살이 돋아나고, 점점 본래의 모양을 찾는 것이 아닌가.

뿐만 아니라 핏물을 머금은 남궁명의 심장은 곧이어 천천히 다시 뛰기 시작했다.

남궁진천은 계속해서 핏물을 흘렸다.

그러자 뻥 뚫려 있던 가슴에 다시 새살이 돋고, 부서졌던 뼈들도 제 모습을 되찾았다.

어느새 남궁명의 가슴은 마치 아무런 일도 없었던 것처럼 상처 하나 없이 말끔한 모습으로 변해 있었다.

그제야 남궁진천이 피가 흘러내리는 손목을 거두었다.

"허억!"

순간, 죽었던 남궁명이 헛바람을 들이키며 두 눈을 부릅떴다.

누군가가 봤다면 그야말로 기겁을 했을 경악스러운 상황이었다.

"일어나거라."

남궁진천이 무미건조한 목소리로 명하자 남궁명은 반쯤 멍해진 눈으로 몸을 일으켰다.

"내가 누구냐?"

"나의 주인이시여……."

대답에 만족한 듯 남궁진천의 입가에 짙은 미소가 일었다.

비록 자신의 정혈을 상당히 소모해야 하는 일이었지만, 남궁세가를 자신의 손에 넣기 위해서는 어쨌든 필요한 일이었다.

피의 권능을 사용하지 않고 남궁명을 설득할 수 있다면 좋았겠지만, 그것은 애초부터 큰 기대를 하지 않던 일이다.

"후후후…… 진운룡, 기다리거라. 내가 곧 네놈의 목을 취하러 갈 것이다!"

남궁진천의 두 눈에서 혈광이 번뜩였다.

＊   ＊   ＊

육환은 아직 무한에 머물고 있었다.

황사 도중문의 실종 때문이었다.

육환은 직접 천혈단을 움직여 도중문의 행적을 파악하는 데 총력을 다했다.

하지만 보름이 넘도록 관군까지 동원해 도중문의 흔적을 찾아보아도 얻은 것은 아무것도 없었다.

무림 토벌도 멈춰진 상태였고, 그렇다고 당장에 북경으로 돌아갈 수도 없는 상황.

육환으로서는 이러지도 저러지도 못한 채 무한 관사에 머물며 도중문의 흔적이 나타나길 기다리는 것이 할 수 있는 유일한 방법이었다.

한데 그때, 황제로부터 명이 떨어졌다.

"이것이 정녕 황상께서 직접 내리신 명이란 말이냐?"

육환이 황제의 명을 직접 가지고 온 금의위 위사를 바라보며 얼굴을 일그러뜨렸다.

"그, 그렇사옵니다!"

"어찌 이런……."

육환이 눈살을 찌푸렸다.

황제의 친필로 적은 서신에는 당장 무림인들과 만나 화평을 제안하라고 되어 있었다.

'그렇지 않아도 상황이 복잡한데, 황제까지 병신 짓을 벌이는구나.'

육환이 짜증스러운 얼굴로 서신을 구겼다.

감히 황제의 서신을 함부로 구기는 대역죄를 아무렇지도 않게 행하는 육환이었지만, 금의위 위사는 아무런 말도 하지 못했다.

어차피 황제는 허수아비에 불구하고, 진정 이 나라를 좌지우지 하고 있는 것은 황사 도중문과 동창이라는 사실을 너무도 잘 알고 있었기 때문이다.

"그만 나가보거라."

차가운 육환의 축객령에 금의위 위사는 안도의 한숨을 쉬며 조심스럽게 물러났다.

"빌어먹을!"

육환이 욕지기를 토해냈다.

이 상태에서 무림과 화해라니, 어이가 없는 일이었다.

그렇다고 황명을 무시할 수도 없는 노릇.

아무리 현 조정을 도중문과 동창이 좌지우지한다 해도 황명을 대놓고 무시할 수는 없었다.

그리고 현 상황 자체도 무림을 무시할 수 있는 상황이 아니었다.

진운룡의 존재 때문이다.

그들의 주인이자 신과 같은 존재인 도중문마저 제압한 자다.

도중문이 다시 돌아오지 않는 한, 현재 동창에서는 그를 막을 방도가 없었다.

'일단은 황제의 말대로 무인들을 만나보는 것도 나쁘지 않을 것 같군⋯⋯.'

과연 진운룡과 그들이 얼마나 밀접한 관계가 있는지, 그가 원하는 것이 무엇인지 알아 볼 필요는 있었다.

그래야 그에 맞는 대책을 세울 수 있기 때문이다.

"밖에 아무도 없느냐?"

육환이 무인들과 접촉하기 위해 수하를 불렀다.

"⋯⋯."

한데, 밖에서는 아무런 대답도 들려오지 않았다.

육환의 얼굴에 의문이 일었다.

분명 육환의 처소 앞에는 번을 서는 동창 위사 두 명이 항시 대기했다.

그들이 아무런 대답도 하지 않았다는 것은⋯⋯.

"그대가 육환인가?"

그때, 육환의 바로 등 뒤에서 나직한 목소리가 들려왔다.

육환은 등골에 소름이 돋는 것을 느꼈다.

분명 아무런 기척도 느끼지 못했는데, 어떻게 자신의 처소로 들어와 그의 등 뒤에 나타날 수 있단 말인가.

육환의 무공은 천혈단의 부단주들을 넘어섰다.

그런 그의 감각을 속이고 등 뒤를 점할 수 있는 자는 세상에 도중문을 제외하고는 거의 없었다.

그때 육환의 머릿속으로 한 사람이 떠올랐다.

"진운룡……."

떨리는 목소리로 육환이 말했다.

"내가 누구인지 이미 알고 있으니 이야기하기가 편하겠군."

육환의 짐작대로 진운룡이 천천히 앞으로 걸어 나왔다.

몸을 돌린 진운룡이 육환의 두 눈을 뚫어져라 응시했다.

"내가 왜 왔는지 굳이 말하지 않아도 알고 있겠지?"

육환은 공력을 잔뜩 끌어올려 진운룡을 경계했다.

밖에서 아무것도 느껴지는 것이 없는 것으로 보아 수하들은 이미 진운룡에게 당한 듯했다.

진운룡에게서는 아무런 기운이 느껴지지 않았다.

그것이 더 육환을 두렵게 했다.

자신의 이목을 속이고 이곳까지 들어온 자다.

한데 아무런 기운도 느낄 수 없다니.

그것은 곧 상대가 육환으로서는 그 기운을 측정할 수 없을 정도로 절대적인 존재라는 이야기였다.

"대답이 없는 것은 모른다는 것인가? 아니면 말하기 싫다는 것인가?"

진운룡이 아무런 감정이 담기지 않은 목소리로 물었다.

"무, 무엇을 원하는가?"

다소 조심스러운 말투로 육환이 물었다.

아무리 육환이라 해도 도중문마저 눈 아래에 두는 절대자 앞에서 함부로 입을 놀리기는 쉽지 않았기 때문이다.

"도중문은 어디에 있나?"

진운룡으로서도 별 기대 없이 묻는 물음이었다.

그간 동창의 움직임으로 볼 때, 그들도 도중문의 소재를 알지 못하고 있을 가능성이 높았기 때문이다.

"우리도 그것은 알지 못한다. 황사께서 어디로 피신하셨는지, 왜 소식이 없으신지……."

"도중문을 데려간 복면인은 누구인가?"

육환의 두 눈에 진한 의문이 담겼다.

"그게 무슨 말인가? 복면인이라니……."

그는 여태껏 도중문이 진운룡에게 부상을 당하고 스스로 안전한 곳에 몸을 숨겼다 여기고 있었다.

한데 복면인이 데려갔다니…….

"누가 황사를 데려갔단 말인가?"

오히려 반문하는 도중문을 보며 진운룡이 눈살을 찌푸렸다.

이래서는 제령안이 아무런 의미가 없었다.

육환은 복면인의 존재에 대해서 아무것도 알지 못하는 것이 분명했다.

"너희, 아니 도중문의 배후에 있는 자가 누구인지 모르는가?"

육환은 진운룡이 무슨 말을 하는지 모르겠다는 얼굴로 눈을 동그랗게 떴다.

"배후라니? 황사께선 이미 반신의 반열에 오르신 분인데, 누가 감히 그분께 명을 내린다는 말인가!"

진운룡의 미간에 주름이 일었다.

'정말 아무것도 모르는군.'

오히려 육환이 더욱 충격을 받은 모양새다.

그렇다면 굳이 제령안을 쓰며 수고할 필요가 없었다.

지금으로서는 복면인이 다시 모습을 드러내거나, 연락해 오길 기다리는 방법밖에 없는 것이다.

"대체 그대는 무슨 이야기를 하는 것인가? 복면인이 황사를 데리고 갔다니? 그 자는 누구란 말인가?"

새로운 사실에 충격을 받은 육환이 연달아 질문을 쏟아냈다.

하지만 모든 질문을 무시한 진운룡은 흐릿한 그림자만 남긴 채, 유령처럼 사라졌다.

반쯤 정신이 나간 육환이 진운룡이 사라진 허공을 멍하니 응시했다.

5장
돌아온 남궁진천

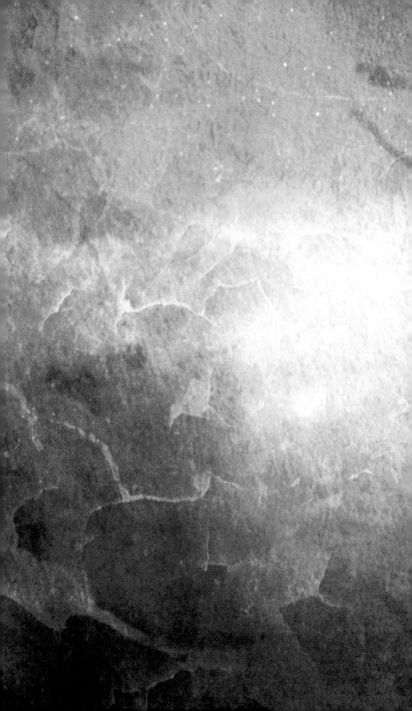

얼마 후, 동호에 자리 잡은 황학루에서 한 무리의 관인들과 무림의 고수들이 모습을 드러냈다.

황학루 주변은 백여 명의 관군들이 일반인들이 들어올 수 없도록 철저히 통제했다.

삼엄한 경계 속에서 두 무리는 딱딱한 얼굴로 마주 앉았다.

관인들은 육환과 동창 무사들이 자리했고, 반대편에는 황보세가의 가주 황보혁군, 화산의 새로운 장문인 무진자, 소림사 은자림의 고수 무허, 무당 장문 운학이 불편한 얼굴로 앉아 있었다.

얼마 전까지 칼을 맞댄 사이였다.

당연히 서로에 대한 감정이 좋을 수 없었다.

특히 정도 무림 측은 동창에 의해 수많은 고수들이 죽고 무림맹이 처참하게 무너졌다.

인적, 물적 피해는 물론이거니와 자존심에도 큰 상처를 입은 상황이었다.

육환을 바라보는 정파 고수들의 시선에 잔뜩 날이 서 있었다.

육환도 못마땅한 것은 마찬가지였다.

마교는 물론 무림맹까지 무너뜨리고 무림 토벌을 코앞에 둔 상황에서 갑자기 황사 도중문이 실종되는 바람에 이런 짜증나는 자리에 나오게 된 것이 기분 좋을 리가 없었다.

조금만 더 있었으면, 이곳에 나와 있는 무림인들은 모두 역도로 목을 베거나 옥에 처박아 놓았을 것이다.

그런 자들이 자신 앞에서 목을 뻣뻣이 세우고 있는 꼴이라니, 이 모든 게 그 진운룡이라는 자 때문이었다.

육환은 진운룡을 생각하는 것만으로도 아직도 등골에 소름이 돋았다.

'황사께서 당해내지 못하실 정도이니…….'

진운룡이 나타났을 때 느꼈던 두려움과 위압감은 그야말로 천외천의 그것이었다.

마치 온 세상이 자신을 내리누르는 것처럼 숨조차 마음대로 쉴 수 없었다.

'그자가 버티고 있는 이상 당장에는 무인들과 타협을 볼 수밖에……'

내키지는 않았으나, 일단은 도중문이 돌아올 때까지 시간을 벌어야했다.

양측은 잠시 침묵 속에 대치했다.

입을 여는 순간 가슴속에 응어리진 감정들이 터져 나올 것만 같았기 때문이다.

"그 대단하신 동창에서 우리 같은 하찮은 무림 나부랭이들을 만나자 하다니 이거 해가 서쪽에서 뜰 일이오?"

잔뜩 꼬인 심사를 담은 채 화산의 새로운 장문인 무진자가 먼저 입을 열었다.

장문인이자 화산제일검인 임혁군이 동창과의 혈전에서 목숨을 잃었고, 수많은 화산의 정예 고수들 역시 동창에게 죽임을 당했다.

상대가 동창만 아니라면 당장에 칼을 뽑아 죽은 문도들의 복수를 하고 싶은 것이 그의 솔직한 심정이었다.

그것은 다른 이들도 마찬가지였다.

육환의 눈에 짜증이 일었다.

"쓸데없는 감정싸움은 집어치우고 본론으로 들어갑시다."

말을 섞는 것조차 내키지 않는 그였다.

그의 머릿속에는 어서 이야기를 끝내고 도중문을 찾는 것에 총력을 기울이겠다는 생각밖에 없었다.

이 자리는 그저 그것을 위한 시간 벌기에 불과한 것이다.

무인들의 얼굴에 분노가 일었다.

"쓸데없는 감정싸움이라? 아무런 잘못도 없이 네놈들 손에 죽은 수많은 무인들의 목숨이 모두 쓸데없단 말이냐?"

"황명을 거역한 역도들이 죄가 없다니!"

육환이 못마땅한 표정으로 목소리를 높였다.

"황제께서 자비를 베푸시어 그대들에게 다시 한 번 기회를 주시기로 하셨음을 오히려 감사해야 하거늘!"

"뭣이!"

무진자가 더 이상 참지 못하고 벌떡 일어섰다.

"네놈들이 정녕 정신을 차리지 못하는구나!"

어차피 마음에 들지 않던 황명이었다.

도중문을 찾을 동안 시간을 끄는 것 외에는 별 의미도 없는 협의다.

그깟 이유로 이런 모욕과 짜증을 참아낼 이유가 없었다.

육환은 이렇게 된 이상 이 자리에 있는 무인들을 모두 때려죽이고 황제에게는 무인들이 반란을 일으켜 어쩔 수 없었다고 보고하는 것이 낫겠다고 생각했다.

"어허! 겨우 만들어진 자리인데 뭣들 하는 것이오?"

그때 황보혁군이 급히 두 사람을 말렸다.

"장문인, 이미 많은 피가 흘렀소이다. 이제 더는 제자들과 강호 무인들의 피를 흘려서는 안 됩니다! 그리고 제독도 조금 자중해 주시오. 진 공자에게 당한 피해로 동창이나 황실도 다시 혈사를 일으킬 만큼 만만한 상황은 아니지 않소?"

무허와 운학 역시 나서서 육환과 무진자를 말렸다.

"크흠!"

육환이 떨떠름한 얼굴로 헛기침을 했다.

사실 무허와 운학의 말이 맞았다.

진운룡에게 패한 도중문은 큰 부상을 입은 채 실종되었고, 천혈단의 부단주 다섯이 죽었으며 천혈단원 수백 명이 목숨을 잃었다.

동창으로서는 큰 타격이 아닐 수 없었다.

사실 이 상태로 무림과 전쟁을 고집한다면 확실히 승리할 수 있다는 자신이 없었다.

특히 진운룡의 존재는 무척 부담스러운 것이었다.

여러모로 지금은 섣불리 움직이지 말아야 할 때였다.

"흥!"

코웃음을 친 육환이 못 이기는 척 다시 자리에 앉았다.

무진자 역시 마지못해 황보혁군의 말에 따랐다.

"황실과 동창의 제안은 무엇이오?"

황보혁군이 단도직입적으로 물었다.

육환도 군이 시간을 끌고 싶지 않았기에 바로 본론을 꺼냈다.

"방금 전 말했듯이 자애로우신 황상께서는 그대들에게 한 번 더 기회를 주기로 하시었소. 황상께서 말씀하시길, 무림인 역시 대명의 백성들이니 그 목숨을 가볍게 여길 수 없다 하시었소. 이번 일로 무림인들이 충분히 국법의 지엄함을 깨닫고 자신들의 잘못을 뉘우쳤을 것이라 사료되니, 그대들의 그간 잘못은 불문에 붙일 것이며, 차후에 또 이러한 잘못을 되풀이하지 않는 다면 황실과 조정에서는 무림인들에 대한 징벌을 멈출 것이오."

무림측은 불쾌한 표정으로 육환을 노려봤다.

결국 어쩔 수 없이 무림과 화친을 제의하는 입장인 것을 빤히 아는데, 마치 큰 선심이라도 쓰는 듯 장황하게 황제의 은혜니, 용서니 늘어놓는 꼴이 같잖았기 때문이다.

"흥, 잘못?"

무진자가 코웃음을 치며 막 뭐라고 하려는 것을 황보혁군이 제지했다.

억울하고 분하기는 했으나, 그렇다고 황실에 복수를 할 수는 없는 노릇이다.

당장에는 피해를 수습하고 가문과 문파를 다시 재건하는 일이 먼저였다.

"해서, 무림과 관의 관계는 전과 같이 돌아가는 것이오?"

황보혁군의 질문에 육환이 입술을 씰룩였다.

'제깟 놈들이 별 수 있을까.'

어차피 무림인들은 몰살되지 않을 것을 감지덕지해야 할 상황이다. 결국 반발할 역량조차 없는 것이다.

'진운룡 그놈만 아니었어도……'

진운룡을 생각하니 절로 이가 갈렸다.

어지러운 생각을 지운 육환이 천천히 입을 열었다.

"그렇소. 그대들이 황실과 국법을 능멸하지 않는 한, 관과 무림은 불가침을 이어갈 것이오. 단, 혹시라도 복수니 원한이니 하는 불온한 생각을 품는다면 오늘의 제안은 무효가 될 것이오."

무진자의 얼굴에 조소가 일었다.

상대의 의도가 눈에 빤히 보였기 때문이다.

파죽지세로 무림을 토벌하던 도중문과 동창 고수들이 진운룡이라는 단 한명의 무림인에게 박살이 나자 혹여 그 칼날이 황실이나 조정으로 향할까 두려워진 것이다.

결국 잔뜩 자존심을 내세운 육환의 이야기의 결론은 무인들이 황실과 조정을 건드리지 않는다면 앞으로 황실과 조정도 무인들을 건드리지 않겠다는 것이다.

어찌 보면 무림 측에서는 상당히 억울한 타협이었다.

별다른 이유도 없이 가문과 문파를 풍비박산 내놓고 이제 와서 화해하고 모두 잊자니, 어처구니가 없는 노릇이다.

하지만 그렇다고 황제와 관군들을 죽여 복수할 수도 없었다.

그리하면 진정 역도가 되어버리기 때문이다.

결국 무림의 입장에서는 울며 겨자 먹기로 받아들일 수밖에 없는 것이다.

"알겠소. 우리도 황실과 조정에는 더 이상 지난 일을 묻지 않겠소."

황보혁군의 말에 무허와 무진자, 운학은 착잡한 얼굴로 동의했다.

"좋소, 그럼 다시 보는 일 없도록 합시다."

육환이 냉소를 흘리며 자리에서 먼저 일어섰다.

그런데 그때였다.

"나를 빼놓고 무림의 대사를 논하다니, 이거 섭섭하구려."

묵직한 목소리에 시선을 돌린 양측의 얼굴에 경악이 어렸다.

"너는!"

"당신이 어찌!"

그들의 시선이 머문 곳에는 바로 남궁진천이 서 있었던 것이다.

"개인적 욕심으로 무림맹을 어지럽히고, 그것도 모자라 개방 구 방주를 참혹스럽게 죽이고 달아난 자가 어찌 뻔뻔하게 모습을 드러낸단 말이냐!"

무허가 눈썹을 치켜 올리며 분노했다.

의미 없는 가정에 불과했지만, 만약 남궁진천이 달아나지만 않았어도 진운룡과 정파 무림의 관계가 지금처럼 소 닭 보듯 하지는 않았을 테고, 그랬을 경우 동창과의 싸움에서 진운룡의 도움을 받을 수 있었을지도 모른다.

그런 것을 다 떠나서, 남궁진천은 개방 방주 구천엽을 죽였다.

그것도 혈교의 마공을 사용해서.

그것만으로도 이미 남궁진천은 건널 수 없는 강을 건넌 것이나 마찬가지였다.

"하하, 이거 너무 반갑게 맞이해 주시니 몸 둘 바를 모르겠구려. 하지만 우리끼리의 회포는 나중에 풀기로 하고, 먼저 저자와의 문제부터 처리해야 하지 않겠소?"

남궁진천이 비릿한 미소를 머금고 말했다.

그러더니 막 뭐라 대꾸하려던 무허를 무시한 채 육환에게 걸어갔다.

"누구 마음대로 죄를 용서하고 기회를 준다는 것이냐? 기 껏 관인 나부랭이가?"

남궁진천이 갑자기 강력한 살기를 뿜어냈다.

주변 이들이 모두 숨을 멈출 정도로 거대한 기세였다.

"으윽……!"

육환 역시 갑작스러운 압력에 자기도 모르게 신음을 흘리 며 급히 공력을 끌어올렸다.

"지금 무엇 하는 것이냐? 네놈이 감히 황명을 거역하겠다 는 것이냐?"

육환이 억눌린 목소리로 짜내듯 이야기했다.

"손가락 하나만 까딱해도 죽일 수 있는 황제 따위를 내가 무서워 할 리가 있느냐?"

남궁진천이 씨익 웃으며 말했다.

"이, 이놈! 감히!"

육환의 이마에서 식은땀이 흘렀다.

남궁진천의 살기와 위압감이 그의 육신을 옭아매고 있었 다.

그것은 도중문에게서 느꼈던 것과 비교해도 결코 뒤지지 않았다.

'남궁진천의 무공이 이 정도였단 말인가?'

육환의 경악과는 관계없이 남궁진천은 계속 말을 이었다.

"무림을 건드렸으면 네놈들도 그만한 대가를 치러야 하지 않겠느냐?"

남궁진천이 갑자기 좋은 생각이라도 난 듯 손뼉을 쳤다.

"아! 이참에 나도 황제나 해볼까?"

육환의 얼굴이 하얗게 질렸다.

"이, 이놈이 죽으려고 환장을 했구나! 그대들은 어찌 이런 천인공노할 놈을 보고만 있는 것이냐!"

육환이 무림인들을 향해 소리쳤다.

하지만 나서는 이는 아무도 없었다.

그들 역시 남궁진천의 기세에 놀라 함부로 움직이지 못하고 있는 것이다.

더불어 그들 역시 마음속으로는 억울하게 목숨을 잃은 제자들과 문도들의 복수를 하고 싶었다.

하니 육환을 돕고 싶을 리 없었다.

오히려 육환의 당황하는 모습이 속으로는 시원하게 느껴졌다.

"크하하하! 우선 여기 있는 너희 동창놈들을 모조리 죽이고 황제에게 그 죄를 물으러 가야겠구나!"

순간 남궁진천이 갑자기 육환을 훌쩍 뛰어넘었다.

깜짝 놀란 육환이 급히 고개를 돌렸다.

어느새 남궁진천이 검을 빼들고 육환 뒤쪽에 동창 무인들을 공격하고 있었다.

"막아라!"

"크악!"

"커헉!"

육환이 다급히 외쳤으나, 그의 말이 채 끝나기도 전에 열 명의 동창 무사의 목이 순식간에 피를 뿜으며 허공으로 떠올랐다.

단 일 합으로 동창 무사 열 명의 목을 벤 것이다.

"대체 무슨 짓이오!"

황보혁군이 놀라 소리쳤다.

아무리 동창에 대한 감정이 좋지 않다고는 하나, 지금 동창의 관인들을 죽이는 것은 간신히 수습되어가던 상황을 최악으로 몰아넣는 일이었다.

그야말로 역도로 몰리고 말 것이다.

누가 뭐라 해도 무인들 역시 대명의 백성이다.

한데 어찌 반역을 꾀하고 떳떳이 고개를 들고 협의를 논할 수 있겠는가.

하지만 남궁진천은 들은 채도 않고 검에 묻은 피를 털어냈다.

"이런 쳐 죽일 놈!"

육환의 얼굴이 딱딱하게 굳었다.

검을 한 번 휙 털어낸 남궁진천이 육환을 향해 돌아서고 있었다. 그의 눈에는 아직 살기가 가시지 않았다.

육환마저 죽이겠다는 이야기다.

'이대로라면 죽음을 면치 못한다.'

얼핏 가늠해 봐도 남궁진천은 결코 자신이 넘볼 수 없는 수준이었다.

그로서 시도할 수 있는 방법은 하나뿐이었다.

'전력을 다해서 달아난다!'

우드득!

순간, 육환의 육신이 변화하기 시작했다.

피의 권능을 억지로 사용하는 것이다.

"호오…… 네놈도 혈신대법을 받은 것인가?"

남궁진천이 흥미로운 눈으로 육환을 바라봤다.

육환은 이미 덩치가 세 배는 커진 악귀의 형상으로 변해 있었다.

육환은 남궁진천의 말이 채 끝나기도 전에 기습적으로 두 손을 뻗어냈다.

우우우웅!

그야말로 섬전과도 같은 일격.

그의 두 손에는 어느새 금방이라도 흘러내릴 것 같은 짙은 붉은 빛 강기가 어려 있었다.

하지만 남궁진천은 여유로운 표정으로 검을 잡지 않은 반대편 손을 내밀어 육환의 공격을 맞이했다.

쩌어어엉!

폭음은 컸으나 그 결과는 싱거웠다.

강맹하게 느껴지던 육환의 일격이 가볍게 휘두른 남궁진천의 왼손에 너무도 간단히 막혀버린 것이다.

그러나 육환은 동요하지 않았다.

어차피 이미 예상했던 일이다.

그만큼 남궁진천과 자신의 격차가 컸던 것이다.

육환은 오히려 그 반탄력을 이용해 뒤쪽으로 몸을 날렸다.

그야말로 온몸의 모든 공력을 쥐어짜내 두 다리에 실은 채 땅을 박찼다.

쉬이익!

육환의 신형이 긴 실선을 그리며 순식간에 황학루를 벗어났다.

하지만 육환의 얼굴엔 아직도 불안감이 어려 있었다.

아니나 다를까.

"어딜 그렇게 급히 가느냐?"

바로 머리 위에서 남궁진천의 목소리가 들려왔다.

"허억!"

깜짝 놀란 육환이 그대로 몸을 뒤집으며 연거푸 장력을 날렸다.

퍼퍼퍼펑!

공기를 터뜨리는 폭음이 귀청을 울렸다.

하지만 남궁진천의 모습은 이미 그곳에 없었다.

콰악!

그때, 무언가가 윤환의 목을 잡아챘다.

"커헉!"

바로 남궁진천의 손이었다.

육환의 목을 움켜쥔 남궁진천이 그의 얼굴을 자신의 눈앞
으로 가져다 댔다.

"어디, 무슨 수로 나를 쳐 죽일 것이냐? 수만의 금군으로
상대할 것이냐? 아니면 황제가 직접 칼을 뽑아 내 목을 칠 것
이냐?"

육환은 숨이 막혀서 아무 말도 할 수 없었다.

남궁진천의 손에 힘이 들어가기 시작했다.

"크으윽!"

육환의 얼굴에 핏줄이 터질 듯 부풀어 오르고 눈알이 점점
돌출되었다.

그 두텁게 변한 육환의 목을 남궁진천은 너무도 쉽게 조르
고 있었다.

그러다 어느 순간 갑자기 목에 가해지던 남궁진천의 힘이

멈췄다.

"아니지, 네놈을 여기서 죽일 것이 아니라 황제 놈에게 전령으로 써야겠구나."

씨익 웃은 남궁진천이 그대로 육환을 바닥에 내팽개쳤다.

쿠당탕!

형편없는 몰골로 육환이 바닥을 구르며 켁켁댔다.

"황제에게 똑바로 전하거라. 나 남궁진천이 곧 목을 받으러 가겠다고."

남궁진천이 번들거리는 눈으로 말했다.

육환은 혼비백산하여 황학루를 도망치듯 달아났다.

"황제의 목을 베려 하다니, 무슨 짓을 하려는 것이오!"

무허와 황보혁군이 그제야 나서서 남궁진천을 향해 소리쳤다.

"우리 무인들도 결국 이 나라 백성임을 잊은 것이오?"

남궁진천의 입꼬리가 비틀어졌다.

"거참, 지랄하고 자빠졌네."

남궁진천의 갑작스러운 막말에 황보혁군과 무허, 무진자의 안색이 파랗게 질렸다.

"너희 놈들도 마찬가지다. 이제부터 두 가지 선택지를 줄 것이다. 나를 따라 새로운 세상을 만드는데 동참할 것이냐, 아니면 내 손에 죽을 것이냐?"

남궁진천의 두 눈은 오히려 그들이 제발 자신의 제의를 거절하길 바라는 듯, 살기로 번들거리고 있었다.

　"갈! 마공이 뼛속까지 스며들었구려! 부처님을 따르는 자가 어찌 마귀에 굴복하겠는가!"

　무허가 호통을 치며 남궁진천을 손가락질했다.

　퍽!

　하지만, 그 자세 그대로 머리가 터져 나갔다.

　"겨우 일 초식거리도 안 되는 놈이 입만 살았구나. 크크크크."

　남궁진천의 인정사정없는 손속에 황보혁군과 무진자의 얼굴이 하얗게 질렸다.

　"네놈들 생각도 저 땡중 녀석과 같은 것이냐?"

　살기 어린 시선이 두 사람을 향했다.

　두 사람은 아무 말도 못한 채 부들부들 몸을 떨었다.

　정도 무인으로 악귀를 따를 수는 없었다.

　하지만 그렇다고 여기서 개죽음을 당하기는 억울했다.

　"나는 기다리는 것을 무척 싫어한다."

　남궁진천이 그대로 검을 들어올렸다.

　"자, 잠깐 생각할 시간을 주시오!"

　황보혁군이 급히 소리쳤다.

　"시간을 달라? 분명 말했을 터인데. 나는 기다리는 것을 싫어한다고."

"나 혼자 결정할 문제가 아니오. 세가의 식솔들과 의논해야 할 문제요."

황보혁군은 일단은 이 상황을 넘겨야겠다고 생각했다.

그리고 세가의 일원들과 의논해야 하는 것 역시 사실이었다.

"흠······."

남궁진천이 잠시 생각에 잠겼다.

"어차피 모조리 죽여 버리면 될 일이지만······."

순간, 황보혁군과 무진자의 얼굴이 더없이 창백해졌다.

"그래도 그것은 무척 귀찮은 일이고 새로운 세상을 열기 위해서는 백성 또한 필요하니, 일단 너희에게 기회를 주도록 하지."

황보혁군과 무진자가 가슴을 쓸어내렸다.

"각자 문파로 돌아가려면 보름은 걸릴 터이니, 스무 날의 시간을 주마. 그때까지 나는 이곳 무한에 있는 남궁세가 지부에 머물 것이니, 전서를 보내든 무슨 수를 쓰든 대답을 내게 보내거라. 만일 스무날 뒤에도 답이 없다면, 너희 문파와 세가는 남녀노소는 물론 풀 한 포기 남겨놓지 않고 쓸어버릴 것이다."

남궁진천은 말을 마치고 두 사람을 쓰윽 훑고는 몸을 훌쩍 날려 황학루를 떠나갔다.

그제야 두 사람이 참았던 숨을 토해냈다.

"허어……."

절로 헛바람이 새어 나왔다.

일단 위기를 넘겼다 생각하니 다리가 후들거렸다.

하지만 곧 두 사람의 얼굴이 어두워졌다.

당장의 위기는 넘겼으나, 앞으로 스무 날 뒤 답을 못하면 그 후에 닥칠 혈겁을 어떻게 버텨낼 것인가.

"이, 이를 어쩐단 말이오."

무진자가 침통한 표정으로 말했다.

그렇지 않아도 동창과의 혈전으로 인해 화산은 예전의 삼할도 되지 않는 전력을 가지고 있었다.

그것으로 남궁진천을 막아낸다는 것은 불가능한 일이었다.

그렇다고 정파의 명문 화산파가 악귀에게 굴복할 수도 없는 노릇이었다.

결국, 모두 죽는 한이 있어도 끝까지 항전해야 한다.

그때, 무언가 생각난 듯 황보혁군이 소리쳤다.

"진 공자! 진 공자뿐이오 우리가 살길은! 지금으로서는 남궁진천 그자를 상대할 사람은 오로지 진 공자뿐이오!"

무진자가 잠시 씁쓸한 얼굴로 허공을 바라봤다.

황보혁군의 말이 맞았다.

현 시점에서 남궁진천을 막을 수 있는 이는 진운룡이 유일할 것이다.

결국 역사와 전통을 자랑하는 정도의 거대 문파와 세가들의 운명이 한 사람의 손에 달려 있는 것이다.

"과연 그자가 도와주겠소?"

조금 불안한 얼굴로 무진자가 물었다.

그들과 진운룡의 사이가 그다지 좋지 않았기 때문이다.

"어떻게 해서든, 무릎을 꿇고 애원을 해서라도 반드시 그렇게 만들어야지요! 지금 우리가 이것저것 따질 여유가 없지 않소?"

무진자가 고개를 끄덕이며 이를 악물었다.

"그렇지요! 문파의 존망이 걸려 있는데, 무엇을 못하겠소?"

비장한 눈빛을 교환한 두 사람이 잰걸음으로 황학루를 빠져나갔다.

*　　　　*　　　　*

"으음……."

도중문은 어둠 속에서 눈을 떴다.

그는 불빛 하나 없는 공간에 자신이 누워 있다는 사실을 깨달았다.

하지만 그는 암흑 속에서도 사물을 분간할 수 있을 정도의 고수였다.

정신을 집중하고 감각을 끌어올리자 주변의 풍경이 보이기 시작했다.

그곳은 사방 십여 장 정도에 이르는 원형의 석실이었다.

석실에는 진한 피 냄새가 배어 있었다.

"일어났느냐?"

갑자기 들려온 목소리에 도중문은 깜짝 놀라 자신도 모르게 헛바람을 들이켰다.

분명 석실에는 아무도 없었다.

아니, 정확하게 말하자면 그의 감각에 느껴지는 사람은 없었다.

한데 목소리가 바로 자신의 옆에서 들려온 것이다.

그것은 상대가 귀신이거나, 아니면 자신과는 비교도 할 수 없을 정도의 고수라는 이야기였다.

그의 머릿속에 한 인물이 떠올랐다.

"복면인?"

진운룡에게 중상을 입은 자신을 구했던 정체불명의 복면인.

그의 어깨에 얹혀 가는 동안 의식을 잃었다.

아마도 그가 자신을 이곳으로 데려왔을 것이다.

"다, 당신은 왜 나를 구한 것인가?"

자기도 모르게 조심스러운 말투가 나왔다.

어느새 복면인의 기운이 느껴졌기 때문이다.

단지 존재감을 드러냈을 뿐인데 그것만으로도 도중문의 심령을 뒤흔들고 있었다.

"아직은 네가 죽을 때가 아니기 때문이니라."

복면인은 순순히 도중문의 물음에 답해줬다.

하지만 그의 대답은 너무 모호했다.

"대체 당신은 누구인가?"

그는 복면인이 있는 곳으로 고개를 돌렸다.

하지만 진하게 느껴지는 존재감과는 달리 아무것도 보이지 않았다. 그것이 더욱 도중문을 두렵게 했다.

"너에게 혈신대법을 알려준 사람이지."

도중문의 인상이 구겨졌다.

"무슨 헛소리!"

혈신대법을 알려주다니 말도 되지 않는 소리였다.

혈신대법은 누구에게 배운 것이 아니라 자신이 우연히 비급을 발견한 것이었기 때문이다.

본디 도중문은 선문의 도인이었다.

선문의 도사들은 세상과 단절한 채, 신선이 되기 위해 수도정진을 하기에 이 세상에는 모습을 잘 드러내지 않는다.

그렇기에 주로 인적이 닿지 않는 깊은 산중에서 수련을 하는데, 도중문 역시 하남에 있는 천중산 깊은 동굴에서 수련을 하고 있었다.

어느 날 도중문은 벽곡단 재료를 채집하기 위해 거처를 나섰다가 갑자기 내려앉은 지반에 의해 생긴 구덩이에 떨어지고 말았다.

한데 그곳엔 인위적으로 만들어진 석굴이 있었고, 그 한가운데 놓인 석탁(石托) 위의 목함 속에 혈신대법 비급이 놓여 있던 것이다.

도를 추구하는 그로서는 처음 혈신대법 비급을 접했을 때 당연하게도 거부감을 가졌다.

그런데 그 내용을 읽은 순간, 자신도 모르게 빠져들고 말았다.

그 안에는 그가 그동안 막혀 있던 벽을 허물 열쇠가 들어 있었다.

불로불사, 영생에 이르는 도에 대한 모든 것.

인간을 제물로 바쳐야 한다는 사실이 걸리긴 했으나, 그것을 제외한다면 혈신대법은 마도가 아닌 선도의 비서였다.

한마디로 등선을 하지 않고, 살아서 신선에 이르는 길을 말하고 있었던 것이다.

세상 모든 사람이 이 길을 따른다면, 곧 이곳 중원 땅이 무릉도원이 될 터였다.

도중문은 자신도 모르게 혈신대법에 빠져들었다.

하지만 혼자 비급을 익히는 것은 결코 쉬운 일이 아니었다.

그야말로 혼신의 힘을 다한 연구와 수많은 실험 끝에 셀 수 없이 죽을 고비를 넘기며 지금에 이른 것이다.

한데 복면인은 지금 그것을 자신이 알려줬다고 하고 있었다.

"말도 되지 않는 소리다!"

도중문이 코웃음을 쳤다.

"네가 비급을 얻은 것이 진정 우연이라고 보느냐?"

복면인의 말에 도중문이 멈칫했다.

"분명 우연이었다! 내가 벽곡단을 찾으러 나섰다가 우연히 그 구덩이에 떨어지지 않았다면⋯⋯."

도중문의 말을 끊으며 복면인이 말했다.

"나는 오랫동안 너를 지켜보았느니라. 과연 네가 혈신대법을 얻을 자격이 되는지 십 년이 넘게 너를 관찰했지. 선문의 도사였던 네가 천중산 그 동굴에 있는 동안 쭉 지켜보았단 말이다."

도중문의 동공이 팽창했다.

복면인이 어떻게 자신의 출신을 알고 있단 말인가.

게다가 그가 어디서 수련을 했는지까지 알고 있었다.

"십 년을 지켜본 끝에 나는 네가 혈신대법을 익히기에 적합한 성정과 자질을 지녔음을 확신했다. 그리고 우연을 가장해 네 손에 비급이 가도록 했지."

도중문의 눈동자가 흔들렸다.

도무지 믿어지지 않는 이야기기에 강한 거부감이 들었지만, 그는 복면인의 말이 진실이라는 것을 본능적으로 느낄 수 있었다.

도중문을 관찰하고 선택해서 혈신대법의 비급을 전해준 자……

도중문의 머릿속에 한 인물이 떠올랐다.

강호에 처음 혈신대법이 나타난 오래전 전설이 된 마두.

혈교를 창설하고 강호를 자신의 발아래 두었던 인물.

"그렇다면 당신은 혈마인가?"

혈마는 어느 날 갑자기 실종되었다고 전해진다.

만일 혈마가 혈신대법을 완성해 진정한 혈신의 경지에 이르렀다면.

그는 불사의 존재가 되었을 것이고, 지금 눈앞의 복면인이 혈마라 해도 이상할 것이 없다.

그 강력한 힘과 위압감, 혈신대법을 알고 있는 점, 복면인이 혈마라면 모든 것이 설명되었다.

"나는 혈마가 아니다."

하지만 복면인은 도중문의 추측을 부인했다.

동시에 석실 안의 공기가 무겁게 가라앉았다.

절로 고개가 숙여질 만큼 엄숙하고 경건한 무게감 속에서 복면인의 목소리가 조용히 들려왔다.

"내가 바로 혈신대법을 창조하고 너희에게 새로운 길을 열어준 존재이니라."

*   *   *

진운룡 일행은 아직 무한에 머무르고 있었다.

하오문도 도중문의 소재를 파악해 내지 못했고, 복면인의 정체는 더욱 오리무중이었다.

당장에 할 수 있는 일이 없었기에 복면인이 연락해 오기만을 기다리는 수밖에 없었다.

일행은 하오문에서 운영하는 무풍객잔에서 머물고 있는데, 혹여 복면인에 대한 소식이나 도중문의 흔적을 발견하게 되면 바로 움직일 수 있어야 했기 때문이다.

진운룡과 소은설은 대부분의 시간을 혈신대법을 연구하는

데 집중했다.

소은설—제갈여령은 예전에도 진운룡과 함께 반 년 가까이 혈신대법을 연구 했기에 많은 지식을 가지고 있었다.

게다가 그녀는 천재들이 많다는 제갈세가에서도 가장 뛰어난 머리를 가지고 있었다.

진운룡이 알지 못했던 사실을 발견해낸 것도 그녀였다.

물론 별다른 자료가 없는 지금으로서는 새로운 것을 알아낼 가능성은 적으나, 아무것도 안하고 무작정 복면인만 기다리고 있는 것보다는 나았다.

두 사람이 한창 혈신대법에 대한 정보들을 정리하고 있는데, 갑자기 구학의 다급한 목소리가 들려왔다.

"진 공자님!"

진운룡과 소은설이 무슨 일인가 하여 의아한 얼굴로 방문을 열었다.

"무슨 일이냐?"

급히 달려왔는지 구학이 잠시 숨을 고르고 말을 이었다.

"황보가주님과 화산 장문 무진자 어르신이 공자님을 뵈러 찾아왔습니다."

"그들이 무슨 일로?"

진운룡이 귀찮다는 듯 물었다.

황보혁군과는 그럭저럭 괜찮은 관계였기에 마냥 무시할

수는 없었다.

"잘 모르겠습니다. 한데 표정이 심상치 않아 보였습니다."

아무래도 결국 만나봐야 용건을 알 수 있을 것 같았다.

"가자."

진운룡은 구학을 앞세우고 앞마당 쪽에 있는 접객실로 향했다.

그곳에는 황보혁군과 무진자가 불안한 표정으로 의자에 앉지도 않은 채 서성이고 있었다.

"진 공자!"

진운룡이 들어서자 황보혁군의 얼굴이 밝아졌다.

"오랜만이오."

진운룡은 전처럼 굳이 말을 높이지 않았다.

이미 자신의 정체가 어느 정도 알려진 상태였기에 더는 귀찮음을 감수하며 다른 이들을 신경 쓸 필요가 없어졌기 때문이다.

"반갑소이다. 화산의 새로운 장문 무진자라 하오."

무진자가 자신을 소개했다.

"진운룡이오."

덤덤하게 무진자의 인사를 받은 진운룡이 황보혁군을 응시했다.

"그래, 무슨 일로 나를 찾아온 것이오?"

황보혁군이 잠시 머뭇거렸다.

무림맹주 남궁진천이 진운룡에게 저지른 일들을 생각하면 염치없는 부탁을 하는 셈이었기 때문이다.

하지만 지금은 염치를 따질 상황이 아니었기에 심호흡을 한 번 내쉰 그가 조심스럽게 입을 열었다.

"실은…… 진 공자께 염치 불구하고 부탁을 좀 드리러 왔소이다."

황보혁군의 태도에 진운룡은 그들이 자신에게 도움을 청하려 한다는 것을 눈치챘다.

'동창을 상대해 달라는 것인가?'

당장에 생각나는 것은 그것밖에 없었다.

황제의 칙령으로 벼랑 끝에 몰린 정도 무림으로서는 도중문을 무릎 꿇린 진운룡을 앞세워 동창을 압박하는 방법이야말로 최고의 선택이었다.

한데 황보혁군의 입에서 나온 말은 진운룡의 예상과는 전혀 다른 것이었다.

"남궁진천, 그자가 나타났소이다."

진운룡의 표정이 차갑게 굳었다.

"놈이 모습을 드러냈다?"

"그렇소이다. 게다가 그자가 아무래도 혈교의 마공을 익힌 것 같소이다. 전과는 비교할 수 없을 정도로 강해져서 돌아왔소."

그것은 이미 구천엽의 시신을 보고 예상했던 바다.

아마도 숨어 있는 동안 혈신대법을 또 시도했을 테고, 그만큼 강해졌을 것이다.

"그자가 지금 황제에게 죄를 묻겠다고 날뛰고 있소이다! 게다가 자신을 따르지 않는 문파들을 모두 몰살시키겠다 하고 있소! 만일 그자를 그냥 놔둔다면 강호 무림뿐 아니라 이 나라 전체가 혈겁에 빠질 것이오!"

무진자가 격분해서 목소리를 높였다.

"부탁드리오. 진 공자가 그자를 막지 않으면 현재 누구도 그자를 막을 수 있는 이가 없소."

황보혁군이 간절한 표정으로 진운룡을 바라봤다.

진운룡이 생각에 잠겼다.

정도 무림에 도움을 주는 것은 그다지 내키지 않았으나 복면인만 기다리던 그에게 남궁진천의 등장은 새로운 실마리를 찾을 기회였다.

남궁진천이 혈신대법을 익히게 된 계기가 무엇인지를 알게 된다면 복면인에 대해서도 더 많은 정보를 얻을 수 있을 것이다.

더욱이 남궁진천은 소은설과 적산을 인질로 삼아 자신을 핍박하려 했기에 개인적으로도 받을 빚이 있었다.

"그자가 지금 어디에 있소?"

황보혁군과 무진자의 얼굴에 화색이 돌았다.

"현재 남궁세가 지부에 머물고 있소이다!"

무림맹이 있는 무한에는 각 세가와 문파의 지부가 대부분 존재하고 있었다.

현재 남궁진천은 그곳에 머물고 있었다.

'내가 자신을 찾을 것을 알면서 숨지 않고 모습을 드러냈다면…… 믿는 구석이 있겠군.'

진운룡의 능력을 누구보다 잘 알고 있는 남궁진천이다.

한데도 숨어 있던 그가 모습을 드러냈다는 것은 진운룡을 상대할 자신이 있다는 이야기였다.

'어찌 되었든 놈을 만나봐야 하는 것은 분명하군.'

진운룡이 두 사람을 향해 시선을 옮겼다.

"놈은 내가 맡도록 하겠소."

황보혁군과 무진자의 표정에 화색이 돌았다.

"고맙소이다, 진 공자! 공자께서는 진정 강호를 구할 대영웅이시오!"

"정도 무림을 위해 큰 결심을 해주시어 감사하오!"

두 사람의 입에 발린 찬사를 등 뒤로 흘린 채, 진운룡은 안채로 향했다.

　　　　*　　　　　*　　　　　*

　무한 동남쪽에 위치한 남궁세가 무한 지부.

　남궁진천은 자신의 처소에서 생각에 잠겨 있었다.

　'진운룡, 그놈을 확실히 죽이려면 지금보다 좀 더 강해져야 해……'

　자신의 목을 친 진운룡의 무위는 당시 무림을 평정하고 두려울 것이 없었던 그에게도 경악스러울 정도로 무시무시했다.

　비록 그가 혈신대법을 시도하느라 운신이 자유롭지 못한 상황이기는 했으나, 아무리 그렇다 해도 단 일검에 자신의 목을 베었다.

　혈마라 불리며 무림의 공포로 자리 잡았던 그조차 검의 움직임을 보지 못했을 정도였다.

　현재 남궁진천의 뛰어난 육체와 몇 차례의 혈신대법을 통해 예전보다 오히려 더 강해진 그였으나, 아직 완전히 승리를 장담할 수 없었다.

　'그때 완성하지 못했던 대법을 다시 시도해야 해!'

　마지막 혈신에 이를 수 있는 대법.

　그 제물의 양만 해도 어마어마했고, 대법의 준비 기간만 칠 주야가 걸리는 대법.

그것을 다시 이룰 수 있다면 진운룡과 능히 자웅을 겨룰 수 있을 것이다.

'그래, 역시 놈을 치는 것은 대법을 완성한 이후로 미뤄야겠군.'

이미 혼령전이술을 사용해 한 번 목숨을 건졌기 때문에 이번에 죽게 되면 그야말로 영혼마저 소멸된다.

함부로 모험을 할 수는 없었다.

드르륵!

그때였다.

갑자기 방문이 열리며 누군가 그의 방으로 들어왔다.

"응?"

방문을 바라보던 남궁진천이 두 눈을 부릅떴다.

"누구냐!"

방에 들어선 자가 복면을 쓰고 있었기 때문이다.

게다가 그런 자가 이곳에 오기까지 아무런 제지도 받지 않았고, 자신도 아무런 기척을 감지하지 못했다.

그것은 상대가 결코 만만치 않은 자라는 증거였다.

서늘한 남궁진천의 시선을 무시한 채, 복면인은 여유로운 모습으로 천천히 방 안으로 들어왔다.

"혼령전이술이라……."

복면인의 첫 마디에 남궁진천의 얼굴이 딱딱하게 굳었다.

'저놈이 대체 누구길래 혼령전이술을 안단 말인가!'

혼령전이술은 교의 심복들조차 모르는 자신만의 비술이다.

한데 복면인이 그것을 알고 있다니, 결코 있을 수 없는 일이다.

"그리 놀랄 것 없느니라. 그 껍데기가 너의 진정한 정체가 아니란 것도 이미 알고 있다. 뭐 어차피 상관없는 일이지만……."

"내가 누구인지 안다고?"

남궁진천의 두 눈에 혈광이 일었다.

"그렇다. 네 녀석이 처음 혈신대법의 비급을 손에 넣는 순간부터 죽 지켜봤으니 당연하지 않겠느냐?"

"하하하! 뭐라는 것이냐!"

남궁진천이 어이없다는 듯 광소를 터뜨렸다.

"웃기지도 않는 헛소리를 하는구나! 어차피 네놈을 제압한 뒤에 알아보면 될 일!"

남궁진천이 잔뜩 공력을 끌어올렸다.

"쓸데없이 힘 빼지 말거라. 나는 너와 싸우러 온 것이 아니라 널 도우러 왔느니라."

"흥, 개소리 마라!"

남궁진천이 복면인의 말을 무시한 채 그대로 몸을 날렸다.

그의 두 손에는 핏빛 강기가 어려 있었다.

"쯧쯧, 어쩔 수 없구나."

순간, 복면인의 신형이 연기처럼 흩어졌다.

"놈!"

남궁진천이 급히 복면인의 흔적을 쫓아 몸을 회전했다.

퍼퍼퍼펑!

그는 사방을 향해 장력을 퍼부었다.

하지만 복면인의 모습은 어디에도 없었다.

"위?!"

남궁진천이 급히 머리 위쪽을 쳐다봤다.

그러나 그와 동시에 하반신을 향해 웅혼한 기운이 쇄도했다.

어느새 몸을 잔뜩 낮춘 복면인이 남궁진천의 두 다리를 향해 장력을 날린 것이다.

"이런!"

깜짝 놀란 남궁진천이 허공으로 몸을 띄웠다.

발밑으로 복면인이 날린 장력이 스치고 지나갔다.

"우읍!"

스친 것만으로도 두 발이 저릿저릿할 정도로 그 위력이 무시무시했다.

남궁진천의 얼굴에 긴장이 어렸다.

복면인의 실력은 결코 자신의 아래가 아니다.

아니, 자존심이 상하는 일이었지만 분명 자신을 능가하고 있었다.

허공에 떠오른 그를 향해 감히 막을 생각조차 할 수 없는 강력한 기운이 밀려오고 있었기 때문이다.

"빌어먹을!"

그대로 직격당한다면 아무리 그라 해도 무사하지 못할 것이다.

이를 악문 남궁진천이 최대한 공력을 끌어올려 뒤로 몸을 날렸다.

하지만 기운이 덮쳐오는 속도는 결코 떨쳐낼 수 없을 정도로 빨랐다.

그로서는 최대한 공력을 끌어올려 호신강기를 펼치는 수밖에 없었다.

그 순간, 놀랍게도 그를 덮쳐오던 기운이 눈 녹듯이 사라졌다.

어느새 복면인은 손속을 거두고 물러서 있었다.

허겁지겁 바닥에 내려선 남궁진천이 복면인을 노려봤다.

"말했듯이 나는 너와 싸우러 온 것이 아니다. 내가 너에게 적의를 품었다면 너는 이미 죽었을 것이다."

남궁진천은 이를 갈며 아무 말도 하지 못했다.

방금 보여준 복면인의 신위는 충분히 그럴 만했기 때문이다.

"원하는 것이 뭐냐!"

"네가 원하는 힘을 줄 터이니, 나를 따라오거라."

담담한 목소리로 복면인이 말했다.

"힘을 주겠다고?"

남궁진천의 머릿속이 복잡해졌다.

복면인이 무슨 수작을 부리려는 것인지 도무지 짐작조차 되지 않았다.

만일 그가 적의를 가지고 있다면 자신을 제압해서 끌고 가면 되었을 일이었다.

복면인은 충분히 그럴만한 실력을 가지고 있었다.

하지만 그렇다고 곧이곧대로 복면인의 말을 믿을 수도 없었다.

"이대로 네놈 말에 속을 것 같으냐?"

우우우웅!

남궁진천이 피의 권능을 억지로 끌어올렸다.

몸이 부풀어 오르며 덩치가 순식간에 배로 커졌다.

쪽 찢어진 두 눈에는 혈광이 뿜어져 나오고, 온몸에는 핏줄이 툭툭 튀어나왔다.

"침입자다!"

"태상가주님 숙소다!"

그제야 소란을 듣고 지부의 무인들이 달려왔다.

"결국 억지로 끌고 가야만 되겠구나."

"어디 한 번 해봐라!"

어느새 검을 뽑아 든 남궁진천이 오른손을 쭉 뻗었다.

동시에 검이 수십 개로 분열했다.

분열한 검들은 모두 붉은 강기에 둘러싸여 있었다.

마치 봉우리에서 꽃이 피어나듯, 검영들이 폭발하며 복면인을 덮쳤다.

핏빛 강기 다발이 복면인에게 쏟아졌다.

콰콰콰콰쾅!

폭음과 함께 남궁진천의 숙소가 산산이 부서지며 터져 나갔다.

숙소 밖에서 달려오던 남궁세가의 무인들은 갑작스러운 강력한 폭발에 황망하게 몸을 피해 달아났다.

하지만 놀랍게도 그 한가운데 위치한 복면인의 주변은 강기 다발은 물론 작은 파편 하나도 근접하지 못하고 있었다.

복면인을 둘러싼 무형의 방어막이 모든 것을 튕겨내고 있었던 것이다.

'강하다!'

남궁진천은 복면인의 실력이 그가 예상했던 것보다 훨씬

윗줄에 있다는 사실을 깨달았다.

그의 마음속에 비로소 두려움이 일었다.

이대로라면 별다른 반항도 못해보고 그대로 끌려가게 될 것이다. 복면인이 아무리 적의를 드러내지 않고 도와주겠다는 말을 하긴 했으나, 그의 손에 떨어지게 되면 무슨 짓을 당할지 알 수 없는 일이었다.

'이대로 달아난다!'

남궁진천은 몸을 빼기로 마음먹었다.

마치 동창 제독 육환이 남궁진천 자신을 상대로 생각했던 것과 거의 같은 상황이었다.

물론 그만큼 가능성은 희박했다.

하지만 지금으로서는 남궁진천이 행할 수 있는 최선의 방법이었다.

최소한 이 자리에서 복면인이 남궁진천을 죽이지 않을 것만은 확실했다.

그렇다면 가만히 끌려가는 것보다는 무엇이라도 시도해보는 편이 나았다.

"달아날 생각은 하지 말거라."

하지만 뒤이어 들려온 복면인의 목소리에 남궁진천은 손가락 하나 까닥하지 못했다.

복면인이 자신의 의도를 알아채서가 아니라, 말 그대로 갑자기 손가락 하나 까닥할 수 없는 상태가 된 것이다.

'이, 이게 대체!'

복면인의 말이 끝나는 순간, 남궁진천 주변의 모든 것이 사라지고 오로지 복면인의 눈동자만이 그의 시야에 가득 담겼다.

고개를 돌릴 수도, 눈을 감을 수도 없었다.

그의 시선은 복면인의 두 눈동자와 마주쳤으며, 그 눈동자와 마주하는 순간 남궁진천의 육신은 그의 통제를 벗어나 석상처럼 굳어버렸다.

'크으윽!'

복면인의 눈동자는 심령을 불사르는 것이었다.

그 눈동자에는 모든 것을 태워 버리는 지옥의 겁화가 자리하고 있고, 겁화를 삼키는 아귀 같은 암흑이 존재했다.

암흑은 지옥의 겁화를 삼키고도 모자라 파문처럼 흩어져 주변의 모든 것을 잠식하고 있었다.

끝을 알 수 없는 공포에 남궁전천의 온몸이 부들부들 떨렸다.

그는 스스로 자각하지도 못한 채 무릎을 굽혔다.

"으어어……!"

남궁진천의 입에서 신음이 흘러나왔다.

동공이 풀린 그의 입가에는 어느새 침이 흘러내리고 있

었다.

"그러니 진즉 내 말을 따랐다면 서로 편안하지 않았겠느냐?"

복면인이 천천히 다가와 남궁진천의 혈을 집었다.

남궁진천은 실이 끊긴 인형처럼 그대로 바닥으로 무너졌다.

복면인은 남궁진천을 어깨에 둘러메고 바람처럼 몸을 날려 남궁세가 지부를 빠져나갔다.

6장
납치

진운룡이 남궁세가 지부에 도착한 것은 남궁진천이 사라지고 난 뒤 두 시진 후였다.

"어수선하군…… 무슨 일이 있었나?"

진운룡이 눈살을 찌푸렸다.

지부의 식솔들이 우왕좌왕하며 헤매는 모습이 무언가 이곳에 일이 터졌음을 말해주고 있었기 때문이다.

진운룡이 성큼 걸어 지부 정문을 지키고 있는 무사들 앞에 섰다.

"누구시오? 지금 이곳은 내부 사정으로 방문객을 받지 않고 있소이다. 돌아가시오."

무사의 말투는 점잖았지만, 표정이나 몸짓은 잔뜩 날이 서 있다.

진운룡은 상대의 반응에 아랑곳하지 않고 용건을 말했다.

"남궁진천을 만나러 왔다."

무사의 표정이 귀신이라도 본 듯 급히 경직되었다.

"이놈! 정체가 무엇이냐!"

진운룡의 얼굴에 짜증이 일었다.

하급 무사와 실랑이 하느라 허비하는 시간이 아까웠다.

"나는 진운룡이다. 남궁진천에게 안내해라."

현 무림에서는 진운룡의 이름이 제법 알려진 상태였다.

특히 남궁세가라면 더욱 그랬다.

세가가 지금처럼 무너지게 된 원인을 제공한 자가 바로 진운룡이었기 때문이다.

"진운룡? 네놈이 태상가주님을 납치했던 것이냐!"

진운룡의 두 눈에 의아함이 어렸다.

'납치?'

이곳의 어수선한 분위기도 그렇고, 정문을 지키는 위사의 태도까지 종합해보면…… 그제야 남궁세가의 어수선한 상황이 이해가 간다.

"남궁진천이 납치되었다?"

"흥, 발뺌을 하는 것이냐? 네놈이 아니라면 누가 태상가주께 위해를 가하고 납치한단 말이냐?"

진운룡은 즉시 생각을 정리했다.

"누가 가주를 납치했느냐?"

동문서답을 하는 꼴이었으나, 진운룡은 무사에게 이것저것 설명할 여유도 시간도 없었다.

"네놈이 복면을 쓰고 가주를 납치해 놓고는, 이제 다시 정문에 나타나 뻔뻔한 얼굴로 묻다니, 그렇다고 우리가 네놈의 짓임을 눈치채지 못할 것이라 생각하느냐?"

"복면?"

진운룡의 두 눈이 빛났다.

'놈이 또 나타난 것인가?'

도중문을 데려갔던 복면인이 떠올랐던 것이다.

황보혁군의 말을 들어볼 때, 남궁진천은 결코 도중문에게 뒤떨어지지 않는 실력이었다.

한데 그런 자를 죽이지도 않고 제압해서 납치해 갔다.

도중문을 데려간 복면인이라면 충분히 그럴 능력이 있었다.

'무엇 때문에?'

도중문을 데려간 것도 모자라 이번에는 남궁진천까지, 두 사람의 공통점은 빤했다.

두 사람 모두 혈신대법을 받은 자들이다.

이로서 복면인은 분명 혈신대법과 관계가 있음이 틀림없어졌다.

"꼬, 꼼짝 마라!"

"태상가주님을 내놓거라!"

시끄러운 소리에 진운룡이 상념에서 깨어났다.

어느새 주변에는 남궁세가 무사들이 그를 둘러싸고 있었다.

하지만 그들은 진운룡과 멀찍이 거리를 벌린 채 소리만 질러 댔다.

그들의 목소리에는 진한 두려움이 묻어났다.

그들 역시 진운룡이 자신들이 결코 상대할 수 없는 존재라는 사실을 너무도 잘 알고 있었기 때문이다.

여기서 진운룡을 잘못 자극해 화를 돋우면 자신들은 전멸이다. 그러니 어찌 함부로 움직일 수 있겠는가.

"그자가 남긴 말이나 흔적은 없나?"

진운룡의 물음에 남궁세가 무사들이 서로를 바라보며 멈칫했다.

진운룡의 반응이 태상가주의 납치와는 전혀 관계없는 듯 보였기 때문이다.

하기야 만일 진운룡이 남궁진천을 납치했다면 군이 지금 이곳에 와 남궁진천을 찾을 이유가 없었다.

자신이 범인임을 숨기기 위해서일 수도 있으나, 그것조차 진운룡과 남궁세가 지부의 전력, 추락한 남궁세가의 입장을 생각할 때, 아니 현 정도 무림의 어려운 현실을 가늠해 본다면 이해가 되지 않았다.

남궁진천과 진운룡의 원한은 이미 강호에 널리 알려진 상태다.

진운룡이 당장 남궁진천을 찾아가 죽인다 해도 현 무림에서는 뭐라 할 수 있는 자가 없었다.

본래 강호의 은원은 다른 이들이 참견하지 않는 법이었다.

게다가 현재 진운룡은 정도 무림의 희망이나 마찬가지인 존재였으니 더욱 보고도 못 본 체할 것이다.

그런데 굳이 이렇게 자신의 짓임을 숨기면서 남궁진천을 처리할 이유가 없는 것이다.

"지, 진정 그대가 태상가주를 납치한 것이 아니오?"

지부장인 듯 보이는 이가 조심스럽게 물었다.

진운룡의 미간에 주름이 일었다.

"너희 스스로 이미 알 것이다."

무사들의 얼굴이 붉어졌다.

한편으로는 안도의 한숨을 내쉬었다.

진운룡이 자신들의 적이 아니라는 사실만으로도 그들은 목숨을 건진 것이나 마찬가지였다.

"그, 그자가 따로 남긴 말은 없었소. 그자는 너무도 강했소. 태상가주께서도 손도 못써 보시고 순식간에 끌려가셨소. 우리는 그자가 어떻게 사라졌는지조차 보지 못했소이다."

지부장이 착잡한 표정으로 말했다.

진운룡은 지부장에게 복면인의 신장과 몸집을 듣고 그가 도중문을 데려간 자와 동일인이라는 결론을 얻었다.

"흐음……."

결국에는 복면인이 또 혈신대법의 단서를 낚아챈 것이다.

남궁세가 무사들에게 더 이상 얻을 것이 없다고 여긴 진운룡은 곧바로 남궁세가 지부를 벗어났다.

＊　　　　　＊　　　　　＊

하오문 안가에 도착하는 순간, 왠지 모르게 불길한 느낌이 진운룡의 감각을 자극했다.

안가에 흐르는 기운이 그가 집을 나서기 전과 무언가 묘하게 달라졌기 때문이다.

'설마……!'

진운룡이 급히 집 안쪽으로 몸을 날렸다.

"진 공자님! 큰일 났습니다!"

아니나 다를까, 진운룡을 발견한 구학이 창백한 얼굴로 달려왔다.

"무슨 일이냐?"

진운룡이 굳은 얼굴로 물었다.

"저…… 으, 은설이가……."

구학이 쉽게 입을 떼지 못하고 머뭇거렸다.

"그 아이가 어떻게 되었단 말이냐?"

답답한 표정으로 진운룡이 구학을 다그쳤다.

"……정체불명의 복면인이 나타나 은설이를 데리고 갔습니다."

진운룡이 급히 안쪽으로 달려 들어갔다.

'놈!'

진운룡이 소은설의 숙소 방을 열어젖혔다.

텅 빈 방 안은 별다른 싸움의 흔적도 보이지 않았다.

하지만 그곳에서 소은설의 모습은 찾을 수 없었다.

구학의 말대로 복면인의 손에 납치된 것이다.

방금 전, 남궁세가에 나타났던 복면인이 어느새 이곳까지 와서 소은설을 납치했다는 이야기다.

그야말로 신출귀몰한 움직임이었다.

"적산은?"

"복면인에게 일격을 당해 의식을 잃었습니다."

진운룡은 곧장 적산이 누워 있는 방으로 향했다.

적산은 의식을 잃은 채 방에 눕혀져 있었다.

"그, 그놈은 어깨에 누군가를 메고 있는데, 놀랍게도 그는 남궁진천이었습니다!"

구학이 호들갑을 떨며 말했다.

손목을 집어 적산의 진기를 확인해 본 진운룡은 큰 부상을 당한 것은 아니라는 것을 알았다.

복면인은 그저 혈을 집듯 순간적으로 기혈을 막는 수법을 써서 적산을 기절시킨 것이다.

이런 수법을 사용하기 위해서는 상대보다 월등히 뛰어난 경지에 올라 있어야 한다.

그것도 남궁진천을 메고 화경을 넘어선 적산을 손쉽게 제압한 것이다.

복면인의 경지가 얼마나 대단한지를 말해주고 있었다.

'너무 안일하게 생각했다!'

진운룡의 표정이 일그러졌다.

진즉에 이런 일이 있을 것을 대비했어야 했다.

그동안은 적산 혼자서도 일행을 지켜낼 만큼 여유로운 상황이었기에 일행의 안전에 큰 신경을 쓰지 않았다.

하지만 복면인은 적산으로서는 결코 상대할 수 없는 자였다.

그런 자가 나타난 이상 일행에게 좀 더 신경을 썼어야 했다.

최소한 숙소라도 은밀한 곳으로 옮겼다면 복면인이 이렇듯 쉽게 찾아올 수는 없었을 것이다.

　그럼에도 불구하고 한 가지 의문이 드는 것은 어쩔 수 없었다.

　복면인의 움직임이 진운룡의 동선을 공교롭게도 정확히 한 발 앞서 있었기 때문이다.

　남궁진천을 찾아가기 바로 직전에 복면인이 놈을 데려갔고, 진운룡이 없는 틈을 정확히 노려 소은설을 데려갔다.

　마치 진운룡의 움직임을 지켜보고 있는 듯, 정확한 움직임이었다.

　"놈이 언제 이곳에 왔지?"

　"진 공자님께서 나가신 지 일각 정도 지났을 때입니다."

　복면인이 남궁세가 지부에 나타난 시각을 생각해 볼 때, 남궁진천을 납치한 후 바로 이곳으로 달려왔다는 이야기다.

　더욱 의심이 가는 상황이었다.

　'놈이 내 움직임을 감시하고 있었다는 이야긴가?'

　복면인이라면 진운룡의 이목을 피해 감시하는 것이 충분히 가능할 것이다.

　"고, 공자님. 빨리 놈을 쫓아야 하지 않겠습니까?"

　구학이 오줌 마려운 강아지처럼 안절부절못하며 말했다.

"이미 늦었다."

복면인의 경신술은 결코 진운룡의 아래가 아니었다.

이제 와서 추적해 봐야 흔적 하나 찾지 못할 것이다.

"응?"

그때, 진운룡의 눈에 적산의 소맷자락에 무언가 삐져나와 있는 것이 보였다.

가까이 다가가 꺼내보니 그것의 정체는 쪽지였다.

"어, 어라? 아까는 보지 못했는데……."

구학이 당황스러운 얼굴로 쪽지를 바라봤다.

아마도 소맷자락 안에 숨겨져 있어서 눈치채지 못했던 듯했다.

쪽지를 펼쳐 본 진운룡의 눈꼬리가 매섭게 치켜 올라갔다.

"놈의 짓이군!"

쪽지에는 진운룡에게 남기는 전언이 적혀 있었다.

소 소저에게는 아무런 위해도 가하지 않을 것이다.

보름 후 정오, 동정호(洞庭湖) 군산(君山)으로 오거라.

일방적인 통보였다.

하지만 진운룡으로서는 놈의 요청에 따르는 수밖에 없었다.

소은설의 안전도 걱정이었으나, 당장에 놈을 추격할 방법
이 없었기 때문이다.

"군산이라······."

보름 후면 복면인의 정체, 혈신대법의 배후, 자신의 저주
를 풀 방법 등 모든 것이 명확해질 것이다.

진운룡의 눈빛이 깊어졌다.

           *   *   *

동정호 군산(君山).

순임금의 죽음을 슬퍼하던 두 비(妃)의 눈물 자국이 얼룩
이 되었다는 전설이 있는 반죽(斑竹)과 황제에게 진상되는
군산은침차(君山銀鍼茶)로 유명한 동정호 가운데 위치한 작
은 섬.

수려한 풍광과 수많은 전설, 신화들이 얽혀 예로부터 내로
라하는 시인, 묵객들의 단골 소재로 오르내리던 곳.

부슬부슬 비가 내리는 가운데 군산 외곽에 작은 배 한 척
이 멈춰 섰다.

두 명의 사내가 배에서 내렸다.

아름다운 여인을 보는 듯한 수려한 외모의 사내와 그 조금
뒤쪽에서 따르고 있는 산발한 적발을 아무렇게나 늘어뜨린,

거칠어 보이는 사내였다.

그들의 정체는 바로 진운룡과 적산이었다.

어느새 복면인과의 약속 시간인 보름이 지나 이곳 군산에 도착한 것이다.

진운룡의 표정은 차갑게 가라앉아 있었다.

적산 역시 마찬가지였다.

자신이 소은설을 지켜내지 못했다는 자책감에 얼굴이 무겁게 굳어 있었다.

군산은 동정호에서도 명소로 꼽히기에 사람들의 발길이 끊이지 않는 곳이다.

하지만 오늘은 사람의 그림자도 찾아볼 수 없을 정도로 쥐 죽은 듯 고요했다.

진운룡은 기감을 확장시켜 복면인과 소은설의 흔적을 찾았다.

파문을 그리며 퍼진 그의 기운이 고요한 군산도를 훑었다.

댓잎에 튀는 빗방울, 그 사이사이로 스쳐 지나가는 바람, 새와 작은 짐승들, 벌레들의 움직임 하나하나까지 놓치지 않고 살폈다.

하지만 소은설의 기척은 쉽게 잡히지 않았다.

아마도 복면인이 무슨 수를 쓴 듯하다.

'어차피 이곳으로 날 불렀으니 곧 얼굴을 드러낼 터.'

진운룡은 조급하게 서두르지 않았다.

그를 이곳에 초대한 것은 복면인이었다.

준비된 함정이든, 아니면 복면인의 말대로 진실을 밝히기 위한 것이든, 결국 진운룡은 복면인과 얼굴을 마주하게 될 것이다.

진운룡과 적산이 천천히 군산도 안쪽을 향해 걸어갔다.

"주군, 그 교활한 놈이 함정을 파놓고 기다릴 것이 분명하오."

적산이 입술을 비죽거리며 말했다.

복면인을 향한 적의가 고스란히 느껴졌다.

복면인이 무슨 수를 써서 자신을 제압했는지 보지도 못했다.

그렇기에 복면인의 능력이 무섭다는 것을 너무도 잘 알고 있었다. 그런 자가 함정까지 파고 기다린다면 아무리 대단한 진운룡이라 해도 승부를 장담할 수 없을 것 같았다.

하지만 진운룡은 아무런 대답도 없이 묵묵히 걸음을 옮길 뿐이었다.

설사 함정이 기다리고 있다 하더라도 진운룡으로서는 걸음을 늦출 수 없었다.

소은설을 구해내야 함은 물론이고, 혈신대법에 대한 해답을 얻기 위해서라도 더더욱 놈을 만나야 했다.

두 사람이 용궁의 입구라고 전해져 내려오는 우물, 유의정을 막 지날 때였다.

—대나무 숲으로 오거라.

육합전성과 비슷한 울림이 군산도 전체를 흔들었다.

"놈이오!"

적산이 눈에 불을 켜며 소리쳤다.

동시에 진운룡의 발걸음도 빨라졌다.

두 사람은 곧장 대숲을 향했다.

이곳 군산에서 자라고 있는 대나무는 반죽(斑竹)이라 불리는데, 특이하게도 표면에 검은 얼룩이 있다.

전설에 의하면 신화의 시대인 요순시대에 순 임금의 두 비(妃)가 자신들의 지아비가 죽은 것을 알고 대나무를 붙들고 통곡을 하다가 결국 스스로 물속에 몸을 던졌는데, 그때 흘린 눈물 자국이 반죽 표면의 얼룩이 되었다 한다.

그러나 애잔한 전설을 품고 있는 대숲은 지금은 생기가 하나도 느껴지지 않는 스산한 공간으로 변해 있었다.

대숲 앞에 걸음을 멈춘 진운룡이 적산을 멈춰 세웠다.

"무슨 일이오?"

적산이 긴장한 얼굴로 물었다.

진운룡이 아무 이유도 없이 자신을 멈춰 세웠을 리가 없었기 때문이다.

아마도 복면인이 대숲에 무슨 수작을 펼쳐 놓았을 가능성
이 높았다.

아니나 다를까.

"진법이다."

진운룡이 나직이 말했다.

대나무 숲에는 진법이 펼쳐져 있었다.

복면인과 소은설의 기척을 느끼지 못한 것도 그 때문이었
다.

"빌어먹을 놈! '

적산이 이를 갈았다.

납치나 일삼는 놈이니, 결국 하는 짓은 기대를 벗어나지
않았다.

"어떻게 할 거요?"

진운룡은 말없이 대숲에 펼쳐진 진을 파악했다.

일단 이곳에 펼쳐진 진이 어떤 성격을 가지고 있는지 확인
해야 어떻게 할 것인지 대응책을 마련할 수 있었다.

물론 어지간한 진은 그냥 힘으로 부숴 버리는 진운룡이었
으나, 혹여 진과 소은설이 연결되어 있다면 진에 충격이 가
해질 경우 그녀가 위험해질 수도 있었다.

진운룡은 조심스럽게 진을 향해 기운을 흘려보냈다.

하지만 진운룡의 기운은 마치 물과 기름처럼 진의 표면을

미끄러질 뿐, 안으로 파고들지 못했다.

억지로 밀어 넣으려면 그렇게 할 수 있었으나, 역시 그것은 위험했다.

일단 진은 외부의 기운을 차단하고 있고, 내부의 기운 또한 밖으로 나가지 못하도록 막고 있는 듯했다.

진운룡의 미간에 주름이 일었다.

이 상태라면 기운을 흘려 진의 상태를 확인하려던 계획도 의미가 없어진다.

그렇다면 이제 남은 것은 몸으로 직접 확인해 보는 방법뿐이었다.

—그저 기운을 차단하는 진일 뿐이니라. 안으로 들어오너라.

그때 복면인의 목소리가 다시 들려왔다.

"또 놈이오!"

적산이 깜짝 놀라 소리쳤다.

잠시 대나무 숲을 응시하던 진운룡이 천천히 걸음을 옮겼다.

"저런 놈의 말을 믿는 거요? 주군?"

적산이 진운룡을 말렸다.

하지만 진운룡은 걸음을 멈추지 않았다.

진운룡이 느끼기에도 이곳에 펼쳐진 진은 그다지 위협적

으로 보이진 않았다.

복면인이 수작을 부리려 했다면 이깟 진 따위가 아닌, 다른 술수를 썼을 것이다.

분신술까지 사용했던 그의 능력이라면 좀 더 강력한 진이나 술법을 펼칠 수 있을 것이 분명했기 때문이다.

그리고 어차피 지금으로선 복면인의 말을 따르는 수밖에 없었다.

진의 경계를 통과하는 순간, 마치 물속을 걷는 듯 육신의 무게가 사라졌다가 안쪽으로 발을 디딤과 동시에 다시 정상적인 감각이 돌아왔다.

낯선 감각에 적산이 눈살을 찌푸렸다.

복면인의 말대로 진은 두 사람에게 별다른 위해를 끼치지 않았다.

경계에 펼쳐진 진은 마치 얇은 막처럼 대나무 숲을 덮고 있고, 그 안쪽은 아무런 인위적 조작의 흔적도 찾을 수 없었다.

단지 그 안에서 세 개의 강력한 기운과 하나의 평범한 기운이 느껴졌다.

'여령!'

진운룡은 평범한 기운이 소은설의 것임을 확인했다.

그녀의 기운을 그가 모를 리 없었다.

"주군, 강한 놈들이 있는 것 같소!"

적산이 눈을 빛내며 말했다.

세 개의 강력한 기운을 적산도 느낀 것이다.

진운룡은 그것이 누구의 것인지 대충 짐작이 되었다.

은은하면서도 단단하며 모든 것을 삼킬 듯하지만, 고요하고 묘한 기운의 주인공은 복면인일 것이다.

'나머지 두 사람은 남궁진천과 도중문인가?'

복면인이 그 두 사람을 납치했으니 아마도 지금 느껴지는 기운은 남궁진천과 도중문의 것일 터였다.

한데 그 기운이 전과는 비교도 할 수 없을 정도로 강해져 있었다.

'어떻게 된 것인가?'

진운룡의 눈에 의문이 어렸다.

그 짧은 시간 동안 대체 복면인이 그들에게 무슨 수작을 부린 것인지, 두 사람은 전과는 차원이 다른 기세를 뿜어내고 있었다.

'어차피 이리로 오고 있군.'

모든 의문은 직접 확인해 보면 될 일이었다.

곧이어 대숲 사이로 네 인형이 모습을 드러냈다.

예상했던 대로 복면인과 남궁진천, 도중문이었다.

소은설은 의식을 잃은 채 복면인의 오른쪽에 서 있었다.

그녀의 발은 땅에서 한 치 정도 떠올라 있었는데, 아마도 복면인이 그녀를 허공에 띄운 상태인 듯했다.

진운룡은 먼저 소은설의 상태를 살폈다.

호흡이 고르고 몸에도 별다른 상처가 보이지 않는 것으로 보아 복면인이 약속대로 아무런 위해도 가하지 않은 듯했다.

"반갑구나."

복면인이 먼저 입을 열었다.

그의 목소리는 전과 같이 부드럽고 다정했다.

"허…… 지금 누가 반갑다는 것이냐?"

적산이 어이없는 얼굴로 반문했다.

도중문과 남궁진천을 구했고, 진운룡이 없는 틈을 타서 소은설까지 납치해 놓고 마치 친근한 친구나 가족을 대하는 듯한 태도를 보이는 복면인의 모습이 어이가 없었던 것이다.

"헛소리는 집어치우고 그 뻔뻔한 낯짝이나 까보거라!"

복면인의 시선이 적산을 향했다.

순간 한 줄기 서늘한 기운이 적산의 온몸을 옭아맸다.

그저 눈을 마주했을 뿐인데 적산은 손가락 하나 까딱할 수 없었고, 숨 쉬는 것조차도 힘들었다.

"어린놈이 입이 거칠구나."

적산은 이를 악물고 복면인의 기운을 떨쳐내려 애썼다.

하지만 단단한 벽처럼 복면인의 기운은 적산의 사방을 둘러싼 채 꿈쩍도 하지 않았다.

그때, 진운룡에게서 한 줄기 미풍이 일어 적산을 훑고 지나갔다.

동시에 적산을 옭아매던 복면인의 기운이 흔적도 없이 사라졌다.

"허억……!"

그제야 적산이 막혔던 숨을 크게 들이마셨다.

잠시 두 눈에 이채를 떠올린 복면인이 고개를 끄덕였다.

"하기야 이제 내 정체를 밝힐 때가 되긴 했구나."

복면인이 천천히 자신의 복면을 벗었다.

"네, 네놈은!"

순간 적산의 눈이 휘둥그레졌다.

복면인의 정체를 확인한 진운룡 역시 얼굴이 딱딱하게 굳었다.

"곽지량……."

복면 안에 드러난 얼굴의 주인공은 바로 하오문주 곽지량이었기 때문이다.

그제야 그간 진운룡의 동선과 정확하게 맞물려 있던 복면인의 움직임이 이해가 되었다.

진운룡이 정보를 얻던 곳이 바로 하오문이었기에 곽지량은 진운룡이 언제, 어디로 움직이는지 가장 잘 알고 있는 자였다.

또한 일행이 머문 곳도 대부분 하오문에서 마련해 준 곳이기에, 그간 곽지량의 손바닥 안에서 놀아난 셈이었다.

"놀랐느냐?"

곽지량이 얼굴에 부드러운 미소를 띠운 채 물었다.

그의 모습은 하오문에서 보았던 그것과 같으면서도 한편으로는 전혀 달라져 있었다.

먼저 조금 가볍고 노회한 상인 같던 목소리는 나직하면서도 굵고 위엄이 깃들어 있어 목소리만 듣고는 곽지량임을 전혀 짐작할 수 없을 정도로 바뀌어 있었다.

얼굴 모습도 그러했다.

이목구비는 같은 사람임이 분명함에도 느껴지는 분위기와 기세가 완전히 달라져 있었다.

"어차피 생김새라는 것은 나에게 무의미하다만, 네가 알아보기 쉽도록 하기 위해 하오문주의 모습을 그대로 유지했다."

곽지량의 말투에서 묘한 위화감이 느껴졌다.

하오문주의 모습을 유지했다는 말은 곧 하오문주가 본인의 진짜 정체가 아니라는 뜻도 내포하고 있었다.

"애초부터 하오문을 장악했던 것인가? 아니면 하오문주의 껍데기를 뒤집어 쓴 것인가?"

진운룡이 물었다.

"허허, 그게 뭐 그리 중요하더냐? 하오문 따위야 내가 마음만 먹으면 언제든 손에 쥐고 흔들 수 있는 곳이거늘. 하지만 곽지량이 내 본명임은 분명하다."

이야기하는 것을 보아 아마도 처음부터 하오문을 장악해 하오문주가 된 듯했다.

하기야 남궁진천과 도중문을 배후에서 조종하며 음모를 꾸미려면 정보가 중요했을 것이다.

세상의 정보를 얻기 위해서는 하오문만 한 곳이 없었다.

진운룡은 곽지량의 목소리와 몸에서 풍겨 나오는 기도에서 그 끝을 알 수 없는 세월의 흔적을 느꼈다.

아마도 곽지량은 진운룡 자신보다 훨씬 오랜 세월을 살아온 듯했다.

곽지량에게서는 궁극의 깨달음을 얻은 자에게서만 찾을 수 있는, 모든 것을 가라앉히는 심연 같은 고요를 느낄 수 있었기 때문이다.

잔물결 하나도 일지 않는 호수의 표면과 같이, 곽지량은 잔잔하면서도 그 깊이를 측량할 수 없었다.

무표정한 얼굴로 곽지량을 응시하던 진운룡이 천천히 입

을 열었다.

"소은설은?"

물론 그는 소은설이 지금 곽지량의 옆에 있는 것을 알고 있었다.

그가 묻고 있는 것은 소은설의 정확한 상태와 복면인이 그녀를 이곳으로 데려온 목적이었다.

"이 아이는 안전하다."

"그녀를 보내라."

"안타깝지만 아직은 안 되느니라. 이 아이는 오늘 만남의 아주 중요한 열쇠이기 때문이다."

복면인의 말을 들은 진운룡의 머릿속에 한 가지 기억이 떠올랐다.

'열쇠……!'

소은설의 기억 속에 있던, 자신의 혼을 이승으로 불러온 자가 했던 말. 그자 역시 소은설─제갈여령이 새로운 세상의 중요한 열쇠라고 했었다.

"여령의 혼을 이승에 불러온 것이 너였군."

곽지량의 입가에 엷은 미소가 일었다.

"그렇다. 내가 이 아이를 다시 이 세상으로 데려왔지. 너는 오히려 내게 고마워해야 하지 않느냐?"

진운룡의 눈썹이 꿈틀했다.

"이미 저승에서 평안을 얻었어야 할 혼령을 함부로 이승에 붙잡아 둔 것은 하늘의 이치를 거스르는 일이거늘, 인간이 어찌 하늘을 거스르려 하는가?"

진운룡이 굳은 얼굴로 말했다.

"인간? 너는 내가 인간으로 보이느냐?"

곽지량의 입가에 걸린 미소가 짙어졌다.

진운룡은 차갑게 곽지량을 노려볼 뿐, 대답하지 않았다.

"나는 이미 수백 년 전에 인간의 굴레를 벗었느니라. 너도 마찬가지이지 않느냐?"

진운룡과 곽지량의 시선이 마주쳤다.

차갑게 얼어붙은 진운룡의 시선과 달리 곽지량의 눈빛은 그 안에서 한 줄기 작은 불꽃이 타오르고 있었다.

진운룡은 자신의 예상이 맞았다는 사실을 확인했다.

복면인은 궁극의 깨달음을 얻은 자다.

본래는 이미 등선을 해야 했지만, 무슨 이유인지 진운룡처럼 아직 세상에 남아 있는 것이다.

"그녀를 잡아둔 목적이 무엇인가?"

"흠……."

곽지량이 무언가를 정리하는 듯, 턱을 어루만지며 생각에 잠겼다.

"무척 긴 이야기가 되겠군. 하지만 어차피 오늘 너와 여기이 두 아이에게 진실을 알게 해줄 생각이었으니, 조금 시간이 걸리더라도 모두 이야기하도록 하마."

그때까지도 남궁진천과 도중문은 별다른 움직임 없이 우두커니 제자리에 서 있었다.

그렇다고 곽지량이 특별히 금제를 가한 것 같지는 않았다.

곽지량이 말을 이었다.

"나 역시 오래전부터 신선의 길을 걸었다. 그리고 결국 그 끝에 이르렀지."

이것까지는 진운룡의 예상과 같았다.

"네가 알지 모르겠으나, 마지막 등선의 순간이 되면 온 세상을 관조할 수 있게 된다."

등선이란 곧 인간의 껍질을 벗고 신이 되는 것이다.

신은 세상만사(世上萬事) 우주만물(宇宙萬物)을 관조할 수 있다.

때문에 등선의 순간에 곽지량은 세상 모든 것을 심안(心眼)을 통해 관조할 수 있었다.

모든 인간들의 삶과 죽음, 생로병사(生老病死), 희로애락(喜怒哀樂)이 그의 심안에 들어왔다.

그 안에서 느껴지는 기쁨, 행복, 사랑, 쾌락, 분노, 슬픔, 고통, 두려움, 악의, 탐욕의 정제되지 않은 날것 같은 감정들이 그의 혼을 관통했다.

그 순간 곽지량의 마음속에 한 줄기 의문이 일었다.

이미 인간의 틀을 벗어나 속세의 오욕칠정을 벗어난 그였지만, 그 의문을 쉽게 떨쳐 버릴 수가 없었다.

"그것은 바로 왜 모든 인간이 나와 같이 깨달음을 얻고 신이 될 수 없는 것인가였다. 아니, 왜 굳이 수십 년의 수도를 통해 깨달음을 얻은 극소수의 인간만이 신이 되는가다."

어찌 보면 조금은 황당한 의문일 수도 있었다.

모든 인간이 신이 되다니, 누군가 이 이야기를 들었다면 곽지량은 분명 큰 웃음거리가 되었을 것이다.

"세상 모든 이가 신이 된다면 오욕칠정에 휘둘려 서로 죽고 죽이고, 남의 것을 빼앗고, 강한 자가 약한 자를 짓밟는 일도 없을 것이며, 전쟁이나 질병, 굶어죽는 이도 없을 것이다. 극락이나 무릉도원에 가지 않아도 이 세상이 곧 극락이고 무릉도원이 될 것이 아니겠느냐?"

곽지량이 두 눈을 빛내며 말했다.

"한데 왜 모든 인간은 진흙탕 같은 속세에서 뒹구는, 의미 없는 삶을 반복하는 것일까? 왜 나와 너처럼 신의 길에 도달하는 자들이 고금을 통틀어 열 손가락에 꼽을 정도로 적은 것일까?"

진운룡을 바라보며 질문을 던진 곽지량은 대답을 기다리지 않고 말을 이었다.

"아무리 선도에 평생 몸을 담은 자라 해도 그중 최종 극의에 이르는 자는 극소수에 불과하지. 하니 모든 인간들이 도를 닦고, 수도를 한다 해도 결국 대부분의 인간들은 그 길의 끝을 볼 수 없을 것이다."

물론 모든 이가 도를 닦거나 수련을 한다면 세상이 제대로 돌아갈 리도 없었다.

"어찌 보면 결국 대부분의 인간은 애초에 신이 될 수 없다는 이야기나 마찬가지지."

조금은 괴변으로 들리는 곽지량의 말을 진운룡은 묵묵히 들었다. 그 끝에 진실이 있을 것이기 때문이다.

곽지량의 이야기가 이어졌다.

"다른 사람들은 아마도 이렇게 생각하겠지. 아무나 신이 된다면 어찌 신이라 하겠느냐. 그만큼 노력하고, 기연을 얻고, 수행을 하고, 덕을 쌓아 깨달음을 얻어야만 신이 될 자격이 있다고."

곽지량의 눈썹이 위로 치켜 올라갔다.

"하지만, 그게 왜 안 되는 것이더냐? 아무나 신이 될 수 있으면 어때서? 그것이야 말로 세상을 낙원으로 만들 궁극의 방법이 아니더냐? 평생 도를 닦지 않아도, 오욕칠정을 버리고 속세와 담을 쌓지 않아도, 스스로를 자학하고 고통 속에 빠뜨리지 않아도 모든 이가 신이 될 수 있는 세상!"

곽지량의 목소리가 점점 높아졌다.

"그것이야 말로 완전한 세상이고, 낙원이며, 무릉도원이 아니더냐!"

대숲을 쩌렁쩌렁 울리며 곽지량의 목소리가 메아리쳤다.

잠시 석상처럼 우뚝 서서 진운룡을 응시하던 곽지량의 표정이 다시 부드러워졌다.

"해서, 나는 이 가련한 운명에 얽매인 인간들을 구하고 싶었다. 모두에게 신이 되는 길을 가르쳐 주고 싶었던 것이다. 그래서 그 순간 끊임없이 참오하고 해답을 구하려 애썼다. 찰나의 시간이 영겁처럼 느껴지던 그때, 나는 결국 해답을 얻어냈다."

곽지량의 두 눈이 깊게 침잠했다.

순간, 그와 그 주변은 절대적인 고요가 찾아왔다.

적산도, 남궁진천과 도중문도 곽지량의 목소리에 홀린 듯 집중하고 있었다.

그것은 자신의 의지와 다른, 마치 신의 의지를 받아들이는 신도의 자세와 같은 것이었다.

그들의 눈빛은 무언가에 취한 듯 몽롱해져 있었다.

그 순간만큼은 곽지량이 바로 신이었고, 절대자였다.

그 속에서 오로지 진운룡만이 색채를 지닌 유일한 존재인 듯 오롯이 서 있었다.

진운룡이 적산의 앞을 막아서자 그제야 정신을 차린 적산이 어리둥절한 얼굴로 고개를 털어냈다.

"너는 밖에서 기다리거라."

진운룡이 공력이 어린 목소리로 적산에게 말했다.

무어라 반발하려던 적산은 진운룡의 두 눈을 마주한 순간 아무 말도 할 수 없었다.

진운룡의 눈빛에는 적산이 감히 거스를 수 없는 위엄이 담겨져 있었기 때문이다.

게다가 지금 상황에서 그가 남아 있으면 진운룡에게 오히려 짐이 된다는 사실을 적산은 너무도 잘 알고 있었다.

아쉽고 분하지만 진운룡의 말을 따를 수밖에 없었다.

이를 악문 채 곽지량을 한 번 노려본 적산이 그대로 몸을 돌려 숲을 빠져나갔다.

곽지량은 적산이 숲을 빠져나가는 것을 무심하게 바라봤다.

마치 적산 정도는 관심을 둘 가치조차 없다는 듯한 모습이었다.

적산의 모습이 사라지자 곽지량이 천천히 입을 열었다.

"나는 인간이 신이 될 수 없는 이유가 인간이 불완전한 존재이기 때문이라는 것을 깨달았다. 인간 자체가 애초에 잘못되어 있었던 것이다. 처음부터 그 그릇이 간장 종지처럼 작게 만들어진 것이다."

그래서 곽지량이 생각해낸 방법은 바로 인간 자체의 개조였다.

"불완전한 인간을 개조해 완전한 존재로 만든다면, 모든 인간이 신에 도달할 수 있지 않겠느냐? 그렇다면 이 세상이 곧 낙원이 되고 극락이 되지 않겠느냐?"

"그래서 만든 게 혈신대법인가?"

진운룡이 무미건조한 목소리로 물었다.

"그러하니라."

곽지량이 마치 스스로의 업적이 자랑스럽다는 듯 만족스러운 웃음을 가득 머금은 채 대답했다.

"불로불사의 완전한 인간을, 아니 새로운 종을 만들어 내는 것이 바로 혈신대법이지. 생명의 비밀을 품고 있는 피야말로 가장 성스럽고 완전한 존재. 나는 인간의 피에서 생명의 열쇠를 찾아냈다. 그리고 그것을 통해 신이 되는 방법을 만들었다!"

그것이 바로 혈신대법이었다.

사람의 정혈을 제물로 불로불사의 존재가 되는 비술.

진운룡은 속으로 코웃음을 쳤다.

결국 수많은 사람들의 생명을 대가로 불로불사의 존재가 된다는 것은, 처음 곽지량이 말했던 모든 사람이 신이 되는 세상과는 모순되는 이야기였다.

게다가.

"내 눈에는 그다지 완전한 인간을 만들어 내지 못한 것으로 보이는데?"

진운룡이 남궁진천과 도중문을 보며 말했다.

곽지량의 눈썹이 꿈틀했다.

"그래, 네 말이 맞다. 대법은 완벽하지 않았다."

의외로 곽지량은 순순히 진운룡의 말을 인정했다.

그가 남궁진천과 도중문을 한 번씩 바라봤다.

"대법에는 치명적인 부작용이 있지. 불사에 가까운 몸을 얻을 수는 있지만, 피에 대한 갈증을 떨칠 수 없고, 피를 흡수할수록 광기가 점점 영혼을 잠식한다. 그리고 피를 계속 흡수하지 않으면 석화가 일어나지."

곽지량은 진운룡이 겪고 있는 부작용을 모두 알고 있었다.

"믿어지지 않겠지만, 이 아이들도 본래는 심성이 바른 아이들이었다."

곽지량의 시선이 도중문에게로 향했다.

"이 아이는 선문(仙門)의 후예였고……."

이번에는 곽지량이 남궁진천을 바라봤다.

"이 아이는 혈마가 되기 전에는 서장의 고승이었느니라."

진운룡이 놀란 얼굴로 남궁진천을 바라봤다.

"혈마?"

남궁진천의 한쪽 입꼬리가 위로 말려 올라갔다.

"그렇다. 네놈이 직접 목을 쳤던 그 혈마가 바로 나다."

믿기지 않는 이야기에 진운룡이 눈살을 찌푸렸다.

"서로간의 은원은 잠시 접어두고 일단 내 말을 듣거라."

곽지량의 말에 남궁진천—혈마가 입을 다물었다.

하지만 그의 두 눈은 진운룡을 노려보고 있었다.

남궁진천을 무시한 채 곽지량의 시선이 다시 진운룡에게로 향했다.

"네가 원하는 것은 광기와 피에 대한 갈증을 없애는 것이겠지?"

진운룡의 두 눈이 번뜩였다.

"방법을 알고 있나? 혈신대법을 해제할?"

곽지량의 재밌다는 얼굴로 진운룡을 바라봤다.

두 사람의 말이 미묘하게 어긋나 있었다.

곽지량은 혈신대법의 부작용을 없애는 것에 대해 말했고, 진운룡은 애초에 혈신대법 자체를 무효화하는 방법을 묻고 있었다.

"혈신대법의 해제?"

"그렇다."

"부작용을 없앨 방법은 분명 있다."

진운룡의 얼굴이 상기됐다.

"그것이 무엇인가?"

자신도 모르게 목소리가 높아졌다.

"그래, 알려주지. 사실 이곳에 너희 셋을 모이게 한 것도, 그리고 소은설이라는 아이를 데려온 것도 그것을 위해서니까."

곽지량의 얼굴에 걸린 미소가 짙어졌다.

"그것은 바로 혈신대법을 완성하는 것이다."

진운룡의 얼굴이 차갑게 굳었다.

"나와 장난을 하자는 것이냐?"

"내가 왜 너에게 실없이 장난을 친단 말이냐? 네가 가진 부작용을 없애는 방법은 오직 혈신대법을 완성하는 것뿐이다."

진운룡이 살기 어린 눈빛으로 곽지량을 노려봤다.

곽지량은 그에 아랑곳하지 않고 말을 이었다.

"수많은 인간의 피를 바치고 셀 수 없이 많은 정혈을 채취해 혈신대법을 반복했으나, 그 부작용은 없앨 수 없었다. 해서 나는 기존의 방법에 무언가 부족한 것이 있다는 사실을 깨닫게 되었다. 오랜 연구 끝에 나는 오십 년 전에야 그것이 무엇인지 알아내게 됐다."

곽지량이 찾아낸 해답은 제물의 질이었다.

무림 고수를 써보기도 하고 어린아이부터 처녀까지 모든 정혈을 취했으나, 살아 있는 인간은 속세에 오염되어 있기에 그 피가 완벽하게 순수할 수가 없었다.

결국 필요한 것은 순수하고 고귀한 영혼.

그 혼을 제물로 바치면 마성을 잠재울 수 있었다.

문제는 제물을 어떻게 얻을 수 있느냐 하는 것이었다.

제물로 사용하기 위해서는 혼백을 끌어와 그릇에 담아야 하는데, 그러기 위해서는 혼백이 이승을 떠돌고 있어야 했다.

한데, 그토록 고귀한 영혼들이 이승에 남아 있을 리가 없었다. 그런 영혼들은 흔히들 말하는 천계나 선계에 올라 신위를 받거나, 그에 근접한 존재가 되기 때문이다.

곽지량이 제갈여령의 혼을 발견한 것은 그때였다.

그녀는 스스로 목숨을 바쳐 세상을 구하고 진운룡을 지켰다. 목숨을 바쳐 세상을 구한 영혼만큼 고귀한 존재가 어디에 있을까.

그럼에도 그녀는 이승을 떠돌고 있었다.

아니, 정확히 말하면 진운룡과 혈귀곡 근처를 떠돌고 있었다.

진운룡에 대한 미안하고 애틋한 마음이 그녀를 이승에 붙잡아 두고 있었던 것이다.

곽지량에게는 행운이었다.

그는 제갈여령의 혼을 그가 준비한 그릇—당시 막 임신했던 소진태의 아내에게 집어넣었다.

"그렇게 나는 지금 이 순간만을 기다렸지."

곽지량의 얼굴에는 희열이 어려 있었다.

"제물이 완성되고 너희가 그 제물에 맞는 경지에 오를 때까지 말이다."

씨익 웃은 곽지량이 말을 이었다.

"이제 마지막 순간이 왔다! 오늘 이곳에서 새로운 세상이 열릴 것이다! 너희 중 마지막 한 사람이 바로 신이 될 자격을 얻어 새로운 세상을 열 것이다! 그가 만드는 새로운 인류는 불로불사의 완전한 종으로 거듭날 것이다!"

곽지량의 목소리가 다시 쩌렁쩌렁 대숲을 울렸다.

"싸워라! 싸워서 자격을 증명하거라! 오직 가장 강하고 완전한 자만이 새로운 인류의 아버지가 될 자격이 있느니라! 너희 중 마지막까지 살아남은 하나가 바로 그 영광을 누리게 될 것이다!"

곽지량이 소은설을 데리고 홀연히 몸을 날렸다.

"놈!"

진운룡이 뒤쫓으려 하는데, 남궁진천과 도중문이 그 앞을 막아섰다.

─승자는 이비묘(二妃墓)로 오라.

곽지량의 육합전성이 들려왔다.

그러자 앞을 막아선 남궁진천과 도중문이 동시에 기세를 끌어올렸다.

"후후후, 이 날을 기다렸다."

남궁진천이 음산한 웃음을 흘리며 진운룡을 노려봤다.

"네놈에게는 나도 받을 빚이 있지."

도중문 역시 서늘한 기세를 쏟아냈다.

"일단 저놈을 먼저 없애고 나중에 우리 둘이 우열을 가리도록 하지."

남궁진천의 말에 도중문이 고개를 끄덕였다.

곽지량의 도움으로 그들의 실력이 일취월장한 상태였으나, 그럼에도 불구하고 세 사람 중 가장 위험한 존재는 바로 진운룡이었다.

두 사람이 힘을 합쳐 진운룡을 먼저 없앤다면, 남궁진천과는 우열을 가릴 수 없었다.

진운룡의 얼굴에 짜증이 일었다.

이곳에서 시간을 허비하고 싶지 않았다.

어서 소은설을 구하고 곽지량을 제압해 놈의 말이 사실인지, 아니면 저주를 벗어날 다른 방법이 있는지 알아내고 싶었다.

하지만 남궁진천과 도중문은 쉽게 볼 상대가 아니었다.

"어리석구나! 그깟 불로불사 따위가 무엇이 그리 중요하 단 말인가?"

진운룡의 호통을 들은 채도 않고 남궁진천과 도중문이 동 시에 몸을 날렸다.

두 사람은 전과 다르게 무기를 들고 있었다.

남궁진천은 한 자루 보검을, 그리고 도중문은 검 대신 붉 은 빛이 감도는 혈도를 들고 있었다.

"전과는 다를 것이다!"

우우우웅!

남궁진천이 검을 내뻗는 순간, 소름끼치도록 서늘한 핏빛 섬광이 진운룡을 향해 일직선으로 뻗어 나갔다.

빛이 보인다 싶은 순간 이미 진운룡에게 다다를 정도로 빠 른 속도였다.

인식을 하는 순간에 이미 한 줄기 붉은 광채가 진운룡을 직격했다.

콰아아앙!

어마어마한 폭음이 터져 나오며 진운룡이 뒤로 주욱 밀려 났다.

어느새 한 자루 검이 그의 전면을 비스듬히 가로막고 있었 다.

막는 것이 불가능할 듯 보였던 남궁진천의 공격을 막아낸 것이다.

하지만 숨 돌릴 틈도 없이 도중문의 도가 진운룡의 육신을 위아래로 양단할 듯 베어왔다.

압축되고 압축되어 광채조차 흘리지 않는 진한 도강이 진운룡의 옆구리를 갈랐다.

스르륵!

동시에 진운룡의 신형이 마치 유령처럼 흐물흐물하게 흔들렸다.

뼈가 없는 연체동물처럼 인간이 할 수 없는 각도로 구겨진 진운룡의 육신이 미끄러지듯 도중문의 도를 흘렸다.

쉬아악!

빠아아아악!

공기가 폭탄처럼 터져 나갔다.

닿지도 않았는데 수십 그루의 대나무가 짚단처럼 쓰러졌다.

순간 흐릿해졌던 진운룡의 신형이 두 개로 분산되었다.

"흥, 그깟 꼼수가 통할 것 같으냐?"

남궁진천이 코웃음을 치며 검을 떨치자 수십 개의 검영이 허공을 가득 채웠다.

그의 표정에는 진운룡을 놓치지 않겠다는 독한 의지가 드러났다.

빛살처럼 뻗어나간 수십 개의 검기가 인정사정없이 주변 공간을 난도질했다.

무시무시한 공격에 주변의 풍경이 어긋나고 일그러졌다.

"후후, 네놈이 아무리 날고 기는 재주가 있다 해도 우리 둘을 한꺼번에 상대할 수는 없을 것이다."

득의양양한 표정으로 남궁진천이 검격을 날렸고, 도중문 역시 지지 않고 도를 휘둘렀다.

일격, 일격이 경천동지할 위력을 가고 있었고, 숨을 쉴 수 없을 정도로 빨랐다.

두 사람의 얼굴에는 점점 승리를 확신하는 미소가 짙어졌다.

한데 그때였다.

한순간 모든 것이 정지했다.

남궁진천과 도중문의 움직임도, 수없이 쏘아 대던 강기와 검영, 도영들도 모두 멈춰 섰다.

대숲을 때리던 빗방울마저도 허공에 못 박힌 듯 정지해 있었다.

그럼에도 남궁진천과 도중문은 자신들이 멈춰 있는 것조차 인지하지 못했다.

그리고 한 점으로부터 작은 빛줄기 하나가 생겨났다.

눈부실 정도로 환하지도 않은, 그저 반딧불 정도의 빛줄기가 천천히 그 범위를 늘여갔다.

한 치, 두 치, 점점 커지더니 일 장을 넘어가고 순식간에 주변을 삼켜 버렸다.

그 안에 남궁진천과 도중문도 삼켜졌다.

처음 반딧불처럼 작고 초라했던 빛은 어느새 눈을 뜰 수 없을 정도로 강렬하게 세상을 덮었다.

얼마 후, 빛이 사라지고 정지했던 세상이 다시 움직이기 시작했다.

그러다 드러난 풍경에는 남궁진천과 도중문의 모습을 찾을 수 없었다.

마치 처음부터 이곳에 존재하지 않았던 것처럼, 두 사람은 흔적조차 찾아볼 수 없이 사라져 버린 것이다.

그 공간에는 오로지 진운룡만이 홀로 우두커니 서 있었다.

이 상황을 만들어 낸 것은 바로 그였다.

심안을 열어 그의 본신절기 중 하나인 광검을 펼친 것이다.

이번 일격은 그로서도 상당한 무리를 한 것인지 눈을 감은 채 호흡을 고르고 있었다.

무림에 나온 이후 처음으로 사용한 초식이었다.

시간도 시간이었지만, 남궁진천과 도중문의 합공은 일반적은 무공으로는 쉽게 이겨낼 수 없었다.

결국 본신절기를 꺼낼 수밖에 없었다.

멀리서 한 줄기 기운이 자신을 부르고 있었다.

"곽지량……."

천천히 눈을 뜬 진운룡이 몸을 날렸다.

7장
결(結)

이비묘(二妃墓).

순임금의 두 비가 묻혔다는 장소.

사랑하는 사람의 죽음에 스스로 목숨을 끊었다는 전설이
진운룡의 마음에 깊이 와 닿았다.

제갈여령이 죽었을 때, 자신도 할 수만 있다면 그 뒤를 따
르고 싶었다.

어차피 세상에 대한 미련도 없었고, 죽음에 대한 두려움도
없었다.

하지만 그는 죽을 수 없는 몸이었다.

결국 그가 택할 수 있었던 것은 둘 중 하나, 복수와 혈귀곡

에 잠드는 것.

제갈여령이 원한 것은 후자였고, 그는 그녀의 말을 따랐다. 그대로 석상이 되어 혈귀곡에 잠들었던 것이다.

하지만 운명처럼 다시 깨어나게 되었고, 자신을 깨운 존재는 바로 다시 세상으로 끌려 온 제갈여령이었다.

모든 것이 믿을 수 없을 정도로 공교로웠고, 누군가 일부러 짜 맞춘 듯했다.

진운룡의 시선이 소은설을 향했다.

그녀는 실오라기 하나 걸치지 않고 의식이 없는 상태로 빈 허공에 누워 있었다.

"결국 네가 최종 자격을 얻었구나."

소은설로부터 열 걸음 정도 뒤에 곽지량이 뒷짐을 진 채 서 있었다.

그는 마치 예상했다는 듯 흐뭇한 얼굴로 진운룡을 바라봤다.

"그래, 내가 지켜본 바로도 다른 아이들은 애초에 그릇이 너무 작았다. 반면 너는 이미 깨달음을 얻은 자. 너라면 진정으로 새로운 인류의 시조(始祖)에 걸맞는 사람이지."

"너의 계획 따위에는 아무런 관심도 없다."

진운룡이 차가운 목소리로 말했다.

하지만 진운룡의 반응에 아랑곳하지 않고 곽지량은 자기

할 말만 했다.

"네가 원하든 원치 않든, 오늘 너는 새롭게 태어나게 될 것이다. 이 아이의 혼을 제물로!"

곽지량이 오른손을 들어 올리자, 소은설 위쪽의 허공에 붉은 섬광이 일었다.

섬광 속에서 한 자루 검이 모습을 드러냈다.

그것은 홍옥처럼 붉게 타오르는 불꽃의 검이었다.

그 검 끝과 일직선에 소은설의 왼쪽 가슴이 위치했다.

맨살을 그대로 드러낸 그녀의 봉긋한 가슴은 위아래로 천천히 오르내리고 있었다.

그때, 불의 검이 천천히 아래로 움직이기 시작했다.

그대로 내려가면 검은 그녀의 심장을 관통하게 될 것이다.

"멈춰라!"

진운룡이 급히 양손을 펼쳐냈다.

열 줄기의 지풍이 불의 검을 향해 쏘아졌다.

하지만 지풍들은 미처 검에 닿기도 전에 보이지 않는 벽에라도 부딪힌 듯 뒤로 튕겨졌다.

터터터텅!

가죽 부대를 때리는 듯한 소리가 연달아 들렸다.

진운룡의 얼굴이 딱딱하게 굳었다.

그가 발출해낸 지풍은 어지간한 강기보다도 몇 배는 강력한 관통력을 지니고 있었다.

한데 곽지량이 펼친 무형의 장막이 진운룡의 지풍을 너무도 쉽게 튕겨낸 것이다.

곽지량이 강하다는 사실은 짐작했지만, 그 힘이 예상했던 것을 훌쩍 뛰어넘고 있었다.

불의 검은 느린 속도로 천천히 계속 소은설의 심장을 향해 떨어져 내렸다.

그리고 그 주위 허공으로 알 수 없는 문자들이 명멸했다.

수를 헤아릴 수 없는 문자들이 거대한 나선을 그리며 불의 검에 빨려들어 갔다.

이대로 간다면 검은 소은설의 심장을 관통하고, 그녀는 목숨을 잃게 될 것이다.

'여령!'

진운룡의 두 눈동자가 붉게 물들었다.

이미 한 번 아무것도 못해보고 보내야 했던 그녀다.

다시 그녀를 무기력하게 잃을 수는 없었다.

우우우우우웅!

진운룡이 피의 권능을 끌어올렸다.

피를 흡수하지 않고 억지로 끌어올린 탓에 그의 머릿속에 잠재해 있던 마성이 고삐 풀린 망아지처럼 꿈틀댄다.

우드득!

그의 육신이 변화했다.

핏줄이 불거지고 뼈마디가 부서지며 다시 재조립됐다.

그의 얼굴은 지옥의 악귀처럼 음산한 미소를 머금고 있었다.

검을 꺼내든 진운룡이 천천히 오른손을 앞으로 밀어냈다.

붉은 광채가 검 끝에 구슬처럼 맺혔다.

광구를 중심으로 공간이 일그러졌다.

강력한 흡인력이 주변의 모든 것을 빨아들이고 있었다.

순식간에 그 크기를 불린 광구가 아이 머리통만 한 크기로 자랐을 때, 진운룡의 오른팔이 전면을 향해 곧게 펴졌다.

순간 광구가 하나의 광선(光線)으로 화했다.

남궁진천이 쏘아냈던 핏빛 빛줄기와는 비교도 되지 않는 눈부신 빛줄기가 전면을 향해 폭주했다.

예전에 진운룡이 무너져 막혀 버린 지하 통로를 송두리째 녹여 버린 무시무시한 위력을 발휘했던 그 일수(一手)가 다시 모습을 드러낸 것이다.

콰콰콰콰콰!

마치 거대한 폭포가 쏟아지듯 굉음이 대숲을 진동시켰다.

빛줄기가 곽지량이 펼친 장막과 부딪혔다.

고오오오!

인간의 청력을 넘어선 파공음에 주변의 모든 소리가 소멸

됐다.

빛줄기와 장막이 맞닿은 곳이 거대하게 출렁였다.

당장에라도 빛줄기가 장막을 뚫어버릴 듯 거세게 파고들었다.

곽지량의 눈썹이 꿈틀했다.

"의미 없는 저항이니라!"

동시에 장막이 빛을 뿜어내기 시작했다.

금방이라도 뚫릴 것처럼 위태롭던 장막이 다시 빛줄기를 밀어냈다.

하지만 진운룡은 멈추지 않고 더욱 힘을 끌어올렸다.

빛줄기의 폭이 절반으로 줄었다.

그만큼 타격점이 줄어들어 관통력은 배가 되었다.

압축된 빛줄기에 강화된 장막도 점점 위태로워졌다.

"어리석은 놈!"

곽지량의 얼굴에 노기가 어렸다.

그가 두 손을 들어올렸다.

끝을 알 수 없는 기운의 파도가 해일처럼 주변을 집어삼켰다.

곽지량이 뿜어낸 거대한 기운이 진운룡의 온몸을 꽁꽁 옭아매고 사슬처럼 조여왔다.

진운룡의 진기가 벽이라도 만난 듯 단절되었고, 빛줄기 또한 사라졌다.

곽지량이 펼친 것은 일종의 심검으로, 그의 의지가 주변 공간을 장악하는 순간 그 안에 갇힌 모든 것은 곽지량의 뜻을 벗어날 수가 없었다.

"나는 이미 신의 경지에 오른 존재! 네가 아무리 깨달음을 얻고 등선을 눈앞에 두고 있다고는 하나, 나에게는 역부족이다. 저항을 그만 두고 너의 소명을 받아들이거라!"

"으으으으!"

진운룡이 신음을 토해냈다.

손가락 하나 까딱할 수 없었다.

이대로라면 소은설—제갈여령을 다시 잃게 된다.

'안 돼!'

진운룡의 두 눈에 혈기가 더욱 짙어졌다.

구우우우웅!

쥐어짜낸 진기가 곽지량이 만들어 낸 의지의 벽을 두드렸다. 하지만 아직도 역부족이다.

다른 무언가가 필요하다.

남은 것은 오직 하나!

그를 잡아먹을 듯 몸을 불리고 있는 광기.

그것만이 지금 그의 힘을 늘릴 수 있는 유일한 방법이다.

그러나 그것을 위해서는 그동안 억제하던 광기를 해방시

커야 했다.

자칫 진운룡의 의식이 광기에 잠식될 가능성이 컸다.

아니, 억지로 피의 권능을 끌어올린 지금은 그 가능성이 구 할을 넘어선다.

진운룡이 이를 악물었다.

'어떠한 희생이 있더라도 그녀를 잃을 순 없다!'

진운룡은 억눌렀던 광기를 그대로 풀어버렸다.

잔뜩 억눌려 있던 광기가 폭풍처럼 머릿속을 헤집었다.

"어리석은 놈! 뭐하는 짓이냐! 이대로 가면 마성에 잠식되고 만다!"

곽지량이 당황한 얼굴로 소리쳤다.

대법이 성공해도 진운룡이 마성에 잠식당하면 의미가 없다.

그저 스스로의 의지가 없는 악귀 하나를 만들어 낼 뿐이다.

그것은 결코 그가 원하는 바가 아니었다.

"정신차려라!"

하지만 이미 진운룡의 상태는 돌이킬 수 없었다.

광기는 그의 의식을 잠식하고 온몸을 휘몰아치고 있었다.

쩌저저적!

진운룡을 둘러싸고 있던 곽지량의 의지에 금이 갔다.

"이, 이런!"

곽지량이 눈에 띄게 당황한 모습으로 급히 공력을 끌어올렸다.

진운룡에게서 느껴지는 기운이 전혀 달라져 있었다.

전의 진운룡이 반신의 경지에 올라 있었다면, 현재의 진운룡은 신에 필적하는 힘이 느껴진다.

그것은 마치 현세에 강림한 마신을 보는 듯했다.

의지의 장막이 위태롭게 흔들렸다.

이대로라면 대법의 실패가 문제가 아니었다.

광기에 폭주하는 진운룡은 그조차도 승부를 장담할 수 없는 존재였다.

투투투툭!

금이 가던 의지의 벽이 결국 돌조각처럼 터져 나갔다.

화아아악!

동시에 진운룡으로부터 퍼져 나온 모든 것을 삼켜버릴 듯한 혼돈이 사방을 덮었다.

"이, 이럴 수가! 다 된 밥에……."

곽지량이 이를 갈았다.

"내 네놈을 가만두지 않겠다!"

분노에 가득 찬 고함 소리가 울려 퍼졌으나, 진운룡의 귀에는 아무것도 들리지 않았다.

그의 손에는 한 자루 혼돈의 검이 들려 있었다.

칠흙처럼 검게 명멸하는 혼돈의 검은 빛마저 삼켜버려 주변이 암흑으로 덮여 있었다.

심상치 않은 모습에 곽지량의 표정이 굳었다.

그는 급히 소은설을 향하던 불의 검을 자신의 전면에 소환했다.

그때 진운룡이 혼돈의 검을 허공을 향해 던졌다.

힘을 줘서 쏘아낸 것이 아니라, 그저 새장 속의 새를 풀어주듯 천천히 허공에 풀어준 것이다.

동시에 혼돈의 검이 의지라도 갖춘 듯 스스로 움직이기 시작했다.

꿈틀대며 주변의 모든 것을 삼키는 혼돈의 검이 향하는 목표는 곽지량이었다.

그리 빠르지 않은, 하지만 결코 느리지도 않은 속도로 혼돈의 검이 곽지량을 향해 미끄러졌다.

"빌어먹을 놈!"

스스로를 신이라 칭하며 여유롭던 곽지량의 모습은 어느새 사라져 있었다.

곽지량이 불의 검을 쏘아냈다.

두 자루의 검이 허공에서 마주쳤다.

한 자 정도의 거리를 두고 두 자루의 검이 마주보며 진동했다.

서로 더 이상 전진하지 못하고 거세게 상대를 밀어내고 있었다.

우우우우우웅!

파지지지직!

두 검 사이에서 기운이 소용돌이치고, 뇌전이 일었다.

모든 것을 재로 만들어 버릴 것 같은 화염과, 빛마저 삼켜 버리는 혼돈이 한 치의 양보도 없이 서로를 물어뜯었다.

퐈르르르릉!

두 마리 맹수는 닿는 모든 것을 소멸시키는 재앙이었다.

하지만 다행히 소은설은 무형의 장막에 둘러싸여 그 힘의 영향을 받지 않고 있었다.

우르르릉!

엎치락뒤치락하던 두 검이 어느 순간 크게 울었다.

"크윽!"

곽지량이 피를 토해냈다.

동시에 불의 검이 검 끝부터 산산이 부서져 나갔다.

쩌저저정!

"크크크크크!"

진운룡이 광기에 젖은 웃음을 터뜨렸다.

장애물이 사라진 혼돈의 검이 그대로 곽지량의 가슴에 꽂했다.

그리 빠르지 않은 속도였음에도 곽지량은 그것을 피할 수 없었다.

마치 무언가가 그의 몸과 의지를 단단히 묶어버린 듯, 그는 움직일 수 없었다.

"커헉! 내, 내가 이런……."

혼돈의 검이 곽지량의 심장에 박혔다.

그는 믿을 수 없다는 얼굴로 자신의 가슴과 진운룡을 번갈아 쳐다봤다.

검으로부터 흘러나온 혼돈이 곽지량을 잠식해 갔다.

끝을 알 수 없는 어둠이 그의 육신과 혼백을 삼켜 버렸다.

눈 깜짝할 사이에 곽지량은 사라지고 그곳에는 혼돈의 검을 쥔 진운룡이 광소를 머금고 서 있었다.

"크크크크!"

그의 이성은 이미 사라진 지 오래였다.

그의 머릿속은 오로지 광기만이 남아 있었다.

모든 것을 소멸시키려는 본능이 그를 지배했다.

진운룡이 핏빛 안구를 굴리며 주변을 살폈다.

그의 시야에 투명한 장막에 감싸여져 있는 소은설이 잡혔다.

"크크크!"

진운룡이 혼돈의 검을 든 채 소은설을 향했다.

번들거리는 눈으로 진운룡이 검을 들어올렸다.

콰앙!

마치 먹잇감을 발견한 야수처럼 진운룡이 소은설을 둘러싼 장막을 검으로 내리쳤다.

쩌어어엉!

몇 번을 버티지 못하고 장막이 터져 나갔다.

이미 곽지량이 죽어버린 상태라 장막이 약해진 탓도 있으나, 그보다는 혼돈의 검에 실린 기운이 장막이 버텨내기엔 너무도 위력적이었다.

"크으으으으!"

머리를 감싸쥐고 신음을 흘리던 진운룡이 다시 소은설에게로 시선을 돌렸다.

그의 오른손이 위로 올라간다.

손에 쥔 혼돈의 검이 그녀의 심장을 향하고 있다.

"크으으윽!"

진운룡이 잠시 멈칫한다.

하지만 곧 그의 오른손은 소은설을 향해 떨어져 내렸다.

그 순간, 소은설이 두 눈을 떴다.

그녀의 눈에 자신의 심장을 향해 검을 내리치고 있는 진운룡의 모습이 들어왔다.

"운랑······."

그녀가 슬픈 눈빛으로 진운룡의 시선을 마주했다.

'여령!'

진운룡의 머릿속에 번개가 쳤다.

푸욱!

순간, 혼돈의 검이 소은설의 왼쪽 가슴을 파고들었다.

피가 튀어 올라 진운룡의 얼굴을 덮쳤다.

찬물이라도 끼얹은 듯 진운룡의 의식이 현실로 돌아왔다.

"여, 여령!"

자신의 오른손을 확인한 진운룡이 눈을 부릅떴다.

"괜찮아요······."

소은설이 힘들게 손을 들어 올려 진운룡의 뺨을 어루만진다.

"안 돼!"

진운룡이 오열하며 소은설의 손을 잡았다.

그는 떨리는 눈으로 소은설의 상태를 확인했다.

'심장이 아니다!'

순간 그의 두 눈에 빛이 일었다.

검은 다행히 심장을 비껴갔다.

마지막 순간에 진운룡이 힘을 거두어서 혼돈의 기운이 소은설을 침식하지도 않았다.

하지만 그렇다고 해도 위중한 상처였다.

'살릴 수 있다!'

"정신을 잃으면 안 돼!"

진운룡이 눈을 감으려는 소은설에게 소리쳤다.

그러고는 즉시 검을 들어 자신의 손목을 그었다.

피가 흘러내리고, 소은설의 왼쪽 가슴을 적셨다.

그녀의 피와 진운룡의 피가 섞여 소은설의 가슴은 핏물로 젖어 들었다.

곧이어 구멍 났던 상처에 새살이 돋아나기 시작했다.

진운룡의 얼굴에 희망이 어렸다.

진운룡은 얼른 그녀의 입술에도 피를 떨어뜨렸다.

의식이 가물가물한 소은설이 진운룡의 피를 목마른 아이처럼 들이킨다.

점점 상처가 아물고 그녀의 혈색도 정상을 찾기 시작했다.

그리고…….

소은설이 천천히 눈을 떴다.

"여령!"

"진 공자님……."

진운룡이 피를 뒤집어쓴 소은설의 육신을 아랑곳 안고 부둥켜안았다.

"미안하오…… 정말 미안하오…….."

진운룡이 말을 잇지 못했다.

소은설의 두 손이 천천히 그의 등을 감싸 안았다.

두 사람은 석상이라도 된 듯 한참을 그렇게 앉아 있었다.

*　　　　*　　　　*

진운룡과 소은설은 서로를 마주봤다.

그들의 얼굴에는 달콤한 미소가 어려 있었다.

두 사람의 시선이 앞에 놓인 계곡으로 향했다.

오른쪽 바위 위에 글자가 적혀 있었다.

혈귀곡(血鬼谷)

두 사람의 연(緣)이 시작되고 끝난 곳. 그리고 또 다른 운명을 맞이하게 된 곳.

"후회하지 않겠소?"

진운룡이 소은설에게 물었다.

"당신과 함께라면 영원이라도 지루하지 않을 거에요."

그녀의 입가에 수줍은 미소가 머물었다.

"그대에게 미안하구려. 나로 인해 이승에 묶이게 되었으니······."

진운룡은 소은설-제갈여령이 이승의 굴레를 벗고 평안을 얻기를 바랐으나, 그녀는 이 세상에, 진운룡의 곁에 남기로 했다. 그녀는 두 번이나 진운룡의 피를 받아 되살아난 때문인지 이제 열흘에 한 번 진운룡의 피를 흡수해야 살 수 있는 몸이 되었다. 반면 진운룡의 피를 흡수하는 한 그녀는 불사의 존재였다.

진운룡의 곁에서 영원히 함께할 수 있는 것이다.

"제가 어찌 공자님만 남겨두고 이 세상을 떠날 수 있겠어요?"

소은설의 미소를 보며 진운룡 역시 같은 미소를 띠웠다.

진운룡이 소은설의 허리를 안은 채 훌쩍 뛰어올라 혈귀곡 안쪽으로 사라졌다.

두 사람이 사라진 계곡 위로 늦저녁 햇살이 향기롭게 내려앉았다.

〈『혈룡전』終〉

혈룡전

1판 1쇄 찍음 2016년 10월 10일
1판 1쇄 펴냄 2016년 10월 17일

지은이 | 기억의 주인
펴낸이 | 정 필
펴낸곳 | 도서출판 **뿔미디어**

기획 · 편집 | 한관희 · 배희선

출판등록 | 2002년 9월 11일 (제1081-1-132호)
주소 | 경기도 부천시 원미구 소향로 17번길(두성프라자) 303호 (우)420-864
전화 | 032)651-6513 / 팩스 032)651-6094
E-mail | bbulmedia@hanmail.net
홈페이지 | http://bbulmedia.com

값 8,000원

ISBN 979-11-315-7495-9 04810
ISBN 979-11-315-3415-1 04810 (세트)